몬스터 콜스

몬스터 콜스
A MONSTER CALLS

패트릭 네스 글 | 시본 도우드 구상 | 홍한별 옮김

웅진주니어

웅진주니어

몬스터 콜스

초판 1쇄 발행 2012년 3월 5일
초판 24쇄 발행 2025년 8월 18일
지은이 패트릭 네스
구상자 시본 도우드
그린이 짐 케이
옮긴이 홍한별
발행인 윤승현
콘텐츠개발본부장 안경숙
편집인 이화정
책임편집 김연희
편집 박현종
디자인 임은경
국제업무 장민경, 오지나
마케팅 정지운, 박현아, 김지윤, 황지영
제작 신홍섭

펴낸곳 (주)웅진씽크빅 주소 경기도 파주시 회동길 20 (우) 10881
문의전화 031)956-7451(편집), 031)956-7569, 7570(마케팅)
홈페이지 www.wjjunior.co.kr 블로그 blog.naver.com/wj_junior
인스타그램 @woongjin_junior
*출판신고 1980년 3월 29일 제406-2007-00046호 제조국 대한민국 사용연령 7세 이상

Text ⓒ Patrick Ness
From an original idea by Siobahn Dowd
Illustrations ⓒ Jim Kay

All rights reserved.
This Korean edition was published by Woongjin Think Big Co.,
Ltd. in 2012 by arrangement with Walker Books Limited, London
SE11 5HJ through KCC(Korea Copyright Center Inc), Seoul.
An Experiment in Love by Hilary Mantel (Copyright ⓒ Hilary
Mantel, 1995) Reprinted by permission of A.M. Heath & Co Ltd.

웅진주니어는 (주)웅진씽크빅의 유아·아동·청소년 도서 브랜드입니다.
이 책의 한국어판 저작권은 (주)한국저작권센터(KCC)를 통한 저작권자와의
독점 계약으로 (주)웅진씽크빅에 있습니다. 저작권법에 의해 한국 내에서 보호를 받는
저작물이므로 무단 전재와 무단 복제를 금합니다.

잘못된 책은 바꾸어 드립니다.
※주의 1. 책 모서리가 날카로워 다칠 수 있으니 사람을 향해 던지거나 떨어뜨리지 마십시오.
2. 보관 시 직사광선이나 습기 찬 곳은 피해 주십시오.

ISBN 978-89-01-14060-5 43840

작가들의 말

나는 시본 도우드를 만나 보지 못했다. 독자 여러분 대부분과 마찬가지로, 시본이 쓴 탁월한 책들을 통해서만 알 뿐이다. 시본은 짜릿한 청소년 소설 네 권을 남겼는데 두 권은 생전에 출간되었고 두 권은 때 이른 죽음 뒤에 출간되었다. 아직 읽어 보지 않았다면 당장 실수를 만회하길 바란다.

이 책이 시본의 다섯 번째 책이 되었을 수도 있었다. 시본은 인물, 틀, 시작 부분까지 구상해 놓았다. 하지만 안타깝게도 시본에게는 시간이 없었다.

시본의 구상을 책으로 써 보겠느냐는 제안을 받았을 때 처음에는 망설였다. 시본의 목소리를 흉내 내는 소설은 쓸 수도 없었고 쓰고 싶지도 않았다. 시본에게도, 독자들에게도, 무엇보다도 이 이야기에게도 폐가 될 것 같았다. 이런 마음으로 좋은 글이 나올 것 같지 않았다.

그렇지만 좋은 생각에서는 다른 생각들이 자라나기 마련이다. 나도 모르는 사이에 시본의 생각이 새로운 생각들을 불러일으켰고, 나는 모든 작가들이 애타게 갈망하는 그 충동을 느끼기 시작했다. 글을 써 내려가고 싶은 충동, 이야기를 들려주고 싶은 충동 말이다.

　이어달리기에서 바통을 건네받은 듯한 느낌이었다. 아주 뛰어난 작가가 나에게 자기 이야기를 내주면서 이렇게 말한 것 같았다.

　"가. 달려. 문제를 일으켜 봐."

　나는 그 말대로 하려고 했다. 나는 오직 한 가지 기준에 따라서 작품을 썼다. 시본이 좋아할 만한 작품을 쓰자는 것. 다른 기준들은 중요하지 않았다.

　이제는 바통을 여러분에게 넘길 차례이다. 아무리 여러 작가가 이어달리기를 했더라도, 이야기가 작가에게서 끝날 수는 없다. 시본과 나의 일은 여기까지다. 이제 가라. 달려라.

　문제를 일으켜라.

패트릭 네스
2011년 2월, 런던에서

시본에게

젊음은 한순간이라고들 말하지만, 그 시간이 꽤 오래 계속되지 않는가.
감당할 수 있는 것보다 더 긴 세월 동안.

힐러리 맨틀, 〈사랑의 실험〉 중에서

몬스터가 찾아오다

몬스터는 자정이 막 지나자마자 나타났다. 몬스터들이 으레 그렇듯이.

몬스터가 왔을 때 코너는 깨어 있었다.
코너는 악몽을 꾸었다. 그냥 악몽이 아니라, 바로 그 악몽이었다. 요즘에 많이 꾸는 꿈. 어둠과 바람과 비명이 있는 꿈. 아무리 세게 붙들려고 애써도 자기 손에서 손이 빠져나가는 꿈. 언제나 똑같이 끝나는 꿈.
"가 버려."
코너는 침실을 둘러싼 어둠을 향해 속삭였다. 악몽을 밀어 버리려고, 악몽이 현실 세계까지 쫓아오지 못하게 하려고.
"이제 가 버려."
코너는 엄마가 침대 옆 탁자에 놓아둔 시계를 흘긋 봤다.
　　12시 7분. 자정에서 7분이 지났다. 내일은 학교 가는 날이니 자야 할 시간이다. 내일이 일요일이라도 마찬가지고.

코너는 아무에게도 악몽에 대해 이야기하지 않았다. 엄마한테는 당연히 말하지 않았고, 다른 누구에게도 말하지 않았다. 보름쯤 전에 통화한 아빠에게도, 물론 외할머니에게도, 학교 친구 누구에게도 말하지 않았다. 입도 뻥긋 안 했다.

악몽 속에서 벌어진 일은 그 누구도 알 필요가 없는 일이었다.

코너는 지친 듯 눈을 끔벅이며 방 안을 바라보다가 얼굴을 찌푸렸다. 뭔가가 있었다. 코너는 좀 더 정신을 추스르며 침대에서 일어나 앉았다. 악몽은 떠나가고 있었지만 딱히 뭐라 집어 말하기 힘든, 무언가가 더 있었다. 낯선 무언가가, 무언가가…….

코너는 귀를 기울이며 적막 속에서 무슨 소리가 나는지 들어 보려고 했지만 집 안은 조용하기만 했다. 이따금 텅 빈 아래층에서 나는 틱틱거리는 소리와 옆방에서 엄마가 이불을 뒤척이는 소리뿐이었다.

아무것도 없었다.

그런데 그때, 무언가가 있었다. 코너는 그 무언가가 자기를 깨웠다는 걸 깨달았다.

누군가가 코너의 이름을 부르고 있었다.

코너.

갑자기 공포가 몰려왔다. 속이 뒤틀렸다. 그게 따라왔나? 그게 도대체 무슨 수로 악몽 속에서 나와서?

"바보 같기는. 몬스터를 믿을 나이는 지났잖아."

코너는 혼잣말을 했다.

그랬다. 코너는 지난달에 열세 살이 되었다. 몬스터는 아기들이나 믿는 거다. 요를 적시는 애들이나.

코너.

다시 코너를 부르는 소리가 들렸다. 코너는 침을 삼켰다. 평소보다 무더운 10월이어서 창문을 열어 두었다. 산들바람에 커튼이 서로 쓸리는 소리가 그렇게 들렸나.

코너.

좋아, 바람은 아니다. 누군가의 목소리가 분명했지만, 코너가 아는 사람은 아니었다. 엄마 목소리가 아닌 건 확실했다. 여자 목소리는 절대 아니었고, 한순간 어리석게도 아빠가 미국에서 깜짝 방문을 왔는데 전화 걸기에 너무 늦은 시각이라 연락을 못 하고 그냥 온 게 아닌가 생각했다.

코너.

아니, 아빠는 아니었다. 이 목소리에는 어떤 독특한 느낌이 있었다. 몬스터처럼 거칠고 길들여지지 않은 기색이.

그때 창밖에서 나무 삐걱거리는 묵직한 소리가 들렸다. 무언가 거대한 것이 나무 마루를 밟고 걸어오는 소리 같았다.

코너는 창밖을 내다보고 싶지 않았다. 그렇지만 동시에 마음 한구석에는 간절히 보고 싶은 생각이 솟았다.

잠이 완전히 깬 코너는 이불을 걷어차고 침대에서 내려와 창가로 갔다. 흐릿한 반달 빛 속에서 집 뒤 조그만 언덕 위에 있는 교회 종탑이 뚜렷이 보였다. 언덕 둘레로 돌아가는 기찻길의 단단한 철로 두 가닥이 어스름한 달빛 속에서 둔탁하게 빛났다. 달빛은 교회 옆에 있는, 지워져 읽을 수도 없는 묘비들이 가득한 묘지에도 비추었다.

묘지 한가운데에 솟은 거대한 주목도 보였다. 어찌나 오래되었는지 교회와 똑같은 돌로 만들어진 것처럼 보이는 나무였다. 코너는 엄마가 말해 주었기 때문에 그게 주목이라는 걸 알고 있었다. 코너가 어렸을 때 엄마는 주목을 가리키며 열매에 독이 있으니 먹지 말라고 처음 말해 주었고, 작년에도 엄마는 이상한 표정으로 부엌 창밖을 내다보다가 이렇게 말했다.

"너도 알다시피 저게 주목이야."

그때 코너 이름이 다시 들렸다.

코너.

코너의 양쪽 귀에 바싹 대고 속삭이는 것 같았다.

"뭐야?"

코너가 말했다. 가슴이 쿵쾅거렸고, 앞으로 무슨 일이 일어날지 궁금하고 초조했다.

구름이 달을 가려 사방이 컴컴해졌다. 씽하는 바람이 언덕 위에서 코너의 방으로 불어 들어와 커튼을 흩날렸다. 또다시 끼익거리고 삐걱거리는 나무 소리가 들렸다. 마치 살아 있는 것처럼 신음하는 소리였다. 세상의 텅 빈 배 속이 밥을 달라고 우르릉거리는 것 같았다.

그때 구름이 지나갔고 다시 달빛이 비쳤다.

주목 위에.

주목이 어느새 코너의 집 뒷마당 한가운데 우뚝 서 있었다.

그게 몬스터였다.

코너의 눈앞에서, 나무의 위쪽 가지가 모여들어 거대하고 끔찍한 얼굴이 되고, 번뜩거리며 입과 코를 이루더니, 코너를 뚫어져라 바라보는 눈까지 생겼다.

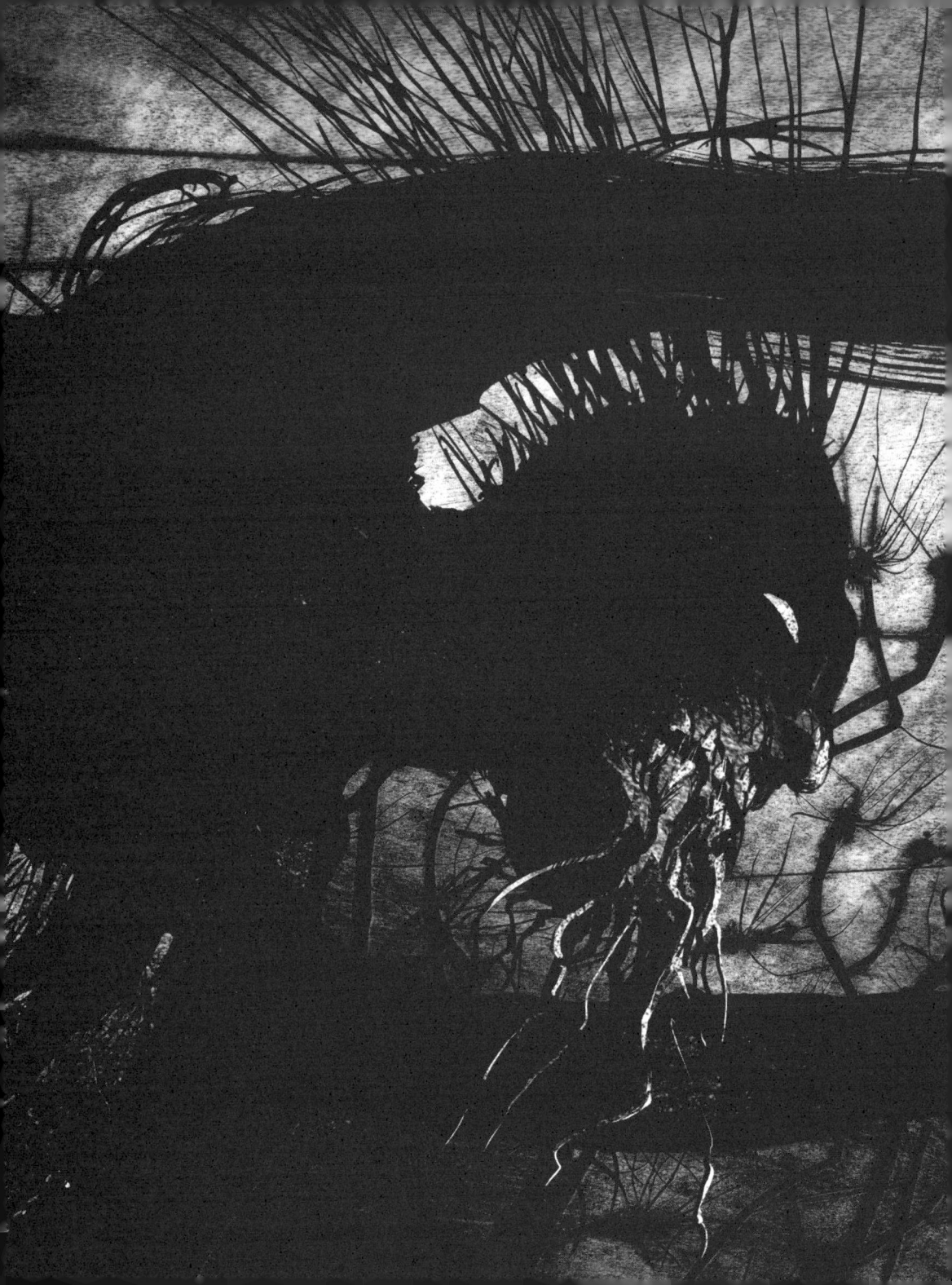

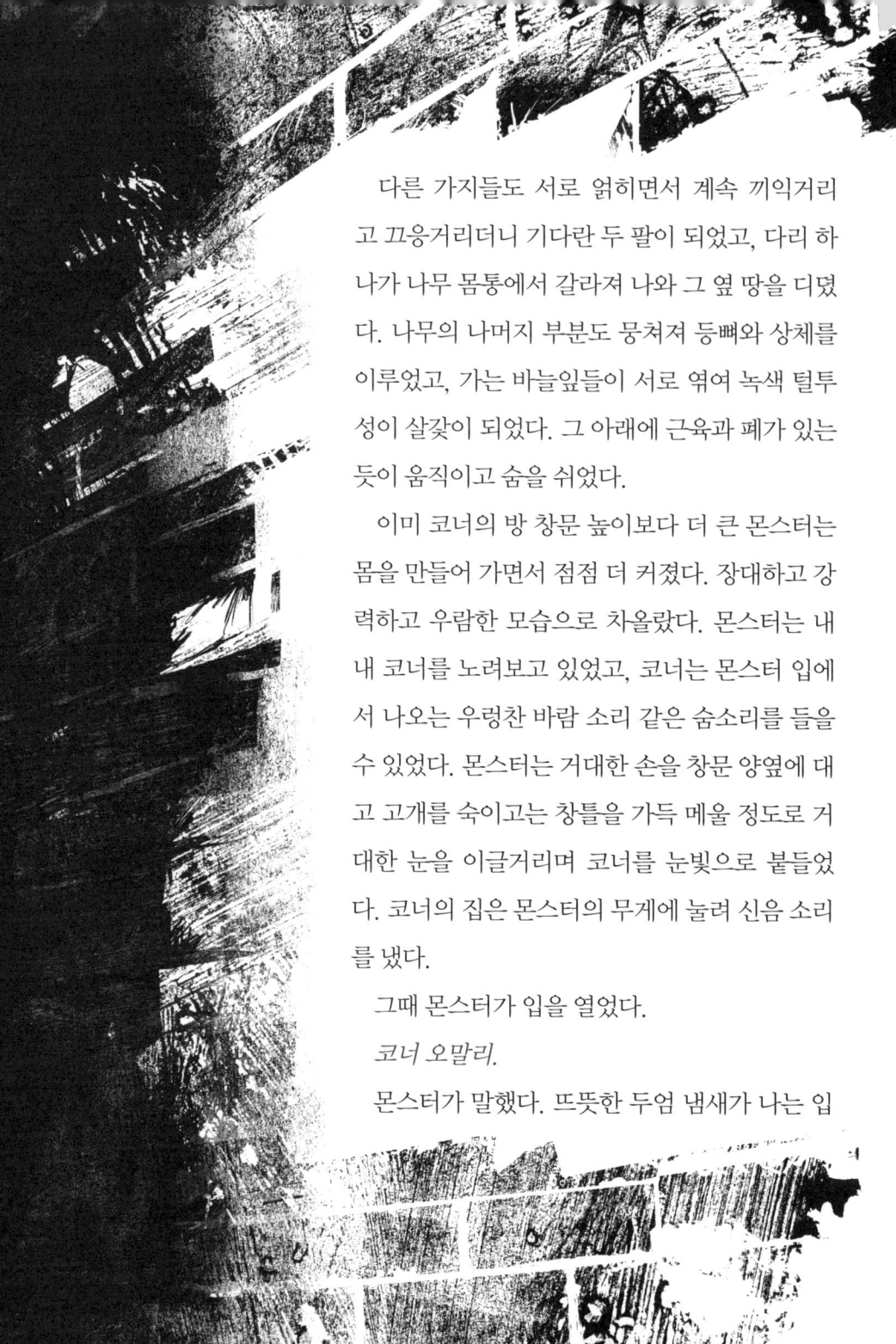

　다른 가지들도 서로 얽히면서 계속 끼익거리고 끄응거리더니 기다란 두 팔이 되었고, 다리 하나가 나무 몸통에서 갈라져 나와 그 옆 땅을 디뎠다. 나무의 나머지 부분도 뭉쳐져 등뼈와 상체를 이루었고, 가는 바늘잎들이 서로 엮여 녹색 털투성이 살갗이 되었다. 그 아래에 근육과 폐가 있는 듯이 움직이고 숨을 쉬었다.

　이미 코너의 방 창문 높이보다 더 큰 몬스터는 몸을 만들어 가면서 점점 더 커졌다. 장대하고 강력하고 우람한 모습으로 차올랐다. 몬스터는 내내 코너를 노려보고 있었고, 코너는 몬스터 입에서 나오는 우렁찬 바람 소리 같은 숨소리를 들을 수 있었다. 몬스터는 거대한 손을 창문 양옆에 대고 고개를 숙이고는 창틀을 가득 메울 정도로 거대한 눈을 이글거리며 코너를 눈빛으로 붙들었다. 코너의 집은 몬스터의 무게에 눌려 신음 소리를 냈다.

　그때 몬스터가 입을 열었다.

　코너 오말리.

　몬스터가 말했다. 뜨뜻한 두엄 냄새가 나는 입

김이 코너의 창문으로 거세게 확 불어와 코너의 머리카락을 날렸다. 몬스터의 목소리는 낮고 우렁찼으며 어찌나 깊이 울리던지 코너의 심장이 떨릴 지경이었다.

널 데리러 왔다, 코너 오말리.

몬스터가 벽을 밀며 말했다. 코너 방 벽에 걸린 사진이 흔들리고 책과 전자 제품과 낡은 코뿔소 인형이 바닥에 굴러떨어졌다.

'몬스터야.'

코너는 생각했다. 진짜 몬스터였다. 실제 현실에, 꿈이 아니라 여기 코너의 방 창문에 몬스터가 나타났다.

코너를 데리러 왔다.

하지만 코너는 도망치지 않았다.

사실은 겁에 질리지조차 않았다.

다른 느낌은 하나도 없었고, 몬스터가 모습을 드러낸 뒤로 코너 마음속에서는 줄곧 실망감만 점점 커졌다.

코너가 기다리던 몬스터가 아니었기 때문이다.

"그럼 와서 데려가."

코너가 말했다.

낯선 정적이 감돌았다.

뭐라고 했나?

몬스터가 물었다.

"와서 데려가라고."

코너는 팔짱을 꼈다.

몬스터는 잠시 머뭇거리는가 싶더니, 울부짖으며 두 주먹으로 집을 쾅 쳤다. 코너의 방 천장이 충격으로 찌그러졌고 벽이 갈라져 커다란 틈이 생겼다. 방에 바람이 가득 찼고 하늘에 몬스터의 성난 울음소리가 우레처럼 울렸다.

"소리 지를 테면 질러 봐. 더한 것도 봤으니까."

코너가 어깨를 으쓱하며, 여전히 차분한 목소리로 말했다.

몬스터는 더 크게 울부짖으며 팔을 창문 안으로 쑥 집어넣어 유리와 나무, 벽돌을 산산이 깨부쉈다. 뒤틀리고 뒤엉킨 나뭇가지로 된 거대한 손이 코너 몸통을 잡고 들어 올렸다. 몬스터는 코너를 방에서 끄집어내어 한밤중 뒷마당 높은 공중으로 들고나왔다. 몬스터가 코너를 달무리 쪽으로 치켜들었는데, 손가락으로 코너의 갈빗대를 어찌나 세게 죄었던지 코너는 숨도 쉴 수 없었다. 몬스터의 벌어진 입속에 단단하고 옹이 진 나무로 된 너저분한 이빨이 보였고, 뜨뜻한 입김이 코너를 덮쳤다.

그때 몬스터가 몸짓을 멈추었다.

정말 두려워하지 않는군.

"전혀. 넌 무섭지 않아."

코너가 말했다.

몬스터는 눈을 가늘게 떴다.

무서워하게 될 거다. 끝이 오기 전에.

몬스터가 말했다.

코너가 마지막으로 기억하는 건 코너를 산 채로 삼키려고 으르렁거리며 크게 벌린 몬스터의 입이었다.

아침 식사

"엄마?"

코너가 부엌으로 들어서며 물었다. 엄마가 없으리라는 걸 알았다. 엄마는 일어나면 늘 가장 먼저 주전자에 물을 끓였는데 물 끓는 소리가 들리지 않았다. 요새 코너는 다른 방에 들어서기 전에 엄마를 불러보곤 했다. 뜻하지 않은 곳에서 잠이 들었을지 모르는 엄마를 놀라게 하지 않기 위해서였다.

하지만 엄마는 부엌에 없었다. 아마 아직 침대에 누워 있는 모양이었다. 코너가 스스로 아침을 차려 먹어야 한다는 뜻이지만 그것에는 이미 익숙해졌다. 좋다. 사실 다행이다. 오늘 같은 날에는.

코너는 얼른 쓰레기통으로 가서 손에 들고 있던 비닐봉지를 깊숙이 밀어 넣고 눈에 뜨이지 않게 다른 쓰레기로 덮었다.

"됐다."

코너는 웅얼거리더니 잠시 서서 심호흡을 했다. 그러고는 혼자 고개를 끄덕거리며 말했다.

"아침 먹어야지."

토스터에 빵을 넣고, 그릇에 시리얼을 담고, 컵에 주스를 따르고, 이렇게 아침을 차려 부엌 작은 식탁에 앉아 먹었다. 엄마가 먹는 빵과 시리얼은 따로 있었다. 시내에 있는 건강식품 가게에서 산 건데 코너는 자기가 그걸 먹지 않아도 되어 다행이라고 여겼다. 생긴 것처럼 맛도 처량했다.

코너는 시계를 봤다. 25분 안으로 출발하면 된다. 교복도 입었고 책가방도 챙겨서 현관문 옆에 두었다. 모두 스스로 했다.

코너는 싱크대 위쪽에 있는 부엌 창문을 등지고 앉았다. 부엌 창문으로는 조그만 뒷마당, 그 너머 기찻길, 묘지가 있는 교회가 내다보였다.

그리고 주목도.

코너는 시리얼을 한 입 더 먹었다. 집 안 전체에서 나는 소리라고는 코너가 음식을 씹는 소리뿐이었다.

'꿈이었어. 꿈이 아니면 뭐겠어?'

오늘 아침에 코너는 눈을 뜨자마자 가장 먼저 창문을 봤다. 창문은 그대로 있었다.

당연하지만, 전혀 깨지지 않았고, 뒷마당 쪽 벽이 뚫려 있지도 않았다.

'당연하지. 어린애나 그런 일이 실제로 있었던 일이라고 생각할 거야. 어린애들이나 나무가, 진짜 나무가 언덕을 걸어 내려와 집을 덮쳤다는 말을 믿겠지.'

얼마나 바보 같은 일인가 생각하니 웃음이 좀 나왔다. 코너는 침대에서 내려왔다.

발아래에서 바스락거리는 소리가 났다.

코너의 침실 바닥은 짧고 뾰족한 주목 잎으로 온통 뒤덮여 있었다.

코너는 쓰레기통 쪽을 보지 않으려고 하면서 시리얼 한 숟갈을 또 입에 밀어 넣었다. 오늘 아침 일어나자마자 잎을 비닐봉지에 가득 쓸어 담아 쓰레기통에 쑤셔 넣었다.

'어젯밤에 바람이 많이 불었어. 열린 창문으로 잎이 날아 들어온 거야. 그렇고말고.'

코너는 시리얼과 토스트를 다 먹고, 남은 주스를 마시고, 접시를 헹궈 식기세척기에 넣었다. 아직도 20분이 남았다. 코너는 쓰레기통을 아예 비우기로 했다. 그러면 덜 위험할 테니. 코너는 쓰레기봉투를 집 앞에 있는 바퀴 달린 쓰레기통으로 들고 갔다. 가는 길에

재활용품도 모아 같이 내놓았다. 다음에는 세탁기 안에 홑이불 한 무더기를 넣고 돌렸다. 학교에서 돌아와서 빨랫줄에 널 생각이었다.

부엌으로 돌아가 시계를 봤다.

아직도 10분이 남았다.

아직도 엄마는…….

"코너?"

계단 꼭대기에서 목소리가 들렸다.

코너는 긴 숨을 내쉬고서야 자기가 숨을 참고 있었다는 사실을 알았다.

"아침 먹었니?"

엄마가 부엌 문간에 기대어 물었다.

"네, 엄마."

코너가 말하며 손에 책가방을 들었다.

"정말이야?"

"네, 엄마."

엄마는 의심스럽다는 듯이 코너를 봤다. 코너가 눈을 굴렸다.

"토스트랑 시리얼이랑 주스 먹었어요. 접시는 식기세척기에 넣었어요."

코너가 말했다.

"쓰레기도 내놓았구나."

엄마는 코너가 말끔히 정돈해 놓은 부엌을 보며 조용히 말했다.

"빨래도 돌렸어요."

코너가 말했다.

"착하구나. 늦잠 자서 미안해."

엄마가 말했다. 엄마는 웃고 있었지만 목소리에 슬픔이 서려 있었다.

"괜찮아요."

"다시 시작되는 때라 그래."

"괜찮아요."

코너가 말했다.

엄마는 말을 멈췄지만 여전히 코너를 보고 웃고 있었다. 오늘 아침에는 머리에 스카프를 두르지 않아서 민머리가 보였다. 엄마의 민머리는 아침 햇빛 속에서 갓난아기 머리처럼 무척 부드럽고 약해 보였다. 그걸 보니 코너 속이 쓰라렸다.

"어젯밤에 소리 낸 거 너였니?"

엄마가 물었다.

코너는 흠칫했다.

"언제요?"

"자정 조금 지났을 때쯤이었을 거야. 꿈이라고 생각했는데 틀림없이 네 목소리가 들렸어."

엄마가 주전자 스위치를 켜러 가면서 말했다.

"잠꼬대를 했나 봐요."

코너가 밋밋하게 대꾸했다.

"그랬나 보구나."

엄마가 하품을 했다. 엄마는 냉장고 옆에 있는 선반에서 머그잔 한 개를 꺼냈다.

"깜박하고 말 안 했는데 내일 외할머니가 오셔."

엄마가 가볍게 말했다.

코너 어깨가 축 처졌다.

"어, 엄마."

"알아. 하지만 외할머니 오시면 날마다 너 혼자 아침 차려 먹지 않아도 돼."

엄마가 말했다.

"날마다요? 얼마나 오래 계실 건데요?"

코너가 물었다.

"코너!"

"외할머니 안 계셔도 돼요."

"치료가 진행되면 내가 어떻게 되는지 알잖아."

"지금까지 잘 지냈잖아요."

"코너!"

엄마가 톡 쏘듯 말했다. 말투가 어찌나 날카로웠는지 둘 다 흠칫 놀란 것 같았다. 긴 침묵이 흘렀다. 그때 엄마가 다시 웃음을 지었다. 정말, 정말 피곤한 얼굴로.

"최대한 빨리 끝내려고 애쓸게, 알았지?"

엄마가 말했다.

"네 방 내어 주기 싫은 거 알아. 미안해. 외할머니가 필요하지 않았으면 오시라고 부탁하지도 않았을 거야. 알지?"

코너는 외할머니가 와서 머물 때마다 소파에서 자야 했다. 하지만 그게 문제가 아니었다. 코너는 외할머니가 말하는 방식이 싫었다. 코너가 평가 대상인 고용인이나 되는 것 같은 말투였다. 그 평가에서 코너는 나쁜 점수를 받을 수밖에 없을 것 같았다. 게다가 지금까지 죽 엄마랑 둘이서 잘해 왔다. 치료 때문에 엄마 상태가 아무리 나빠져도, 코너는 엄마가 낫기 위해서는 어쩔 수 없는 일이라고 생각했다. 그런데 왜?

"며칠 동안만이야. 걱정 마, 응?"

엄마가 코너의 속마음을 읽기라도 한 듯 말했다.

코너는 가방 지퍼를 만지작거리며 아무 말도 하지 않았다. 다른 생각을 하려고 했다. 그때 쓰레기통에 쑤셔 넣은 나뭇잎 봉지가 생각났다.

어쩌면 외할머니가 내 방에서 지내는 게 최악의 일은 아닐지도 모르겠다.

"웃으니까 좋구나."

엄마가 탁 소리를 내며 꺼진 주전자에 손을 뻗으며 말했다. 그러더니 엄마는 겁이 난다는 듯한 말투로 말했다.

"믿어지니? 외할머니가 쓰던 낡은 가발을 나한테 갖다 주시겠단다. 그 가발을 쓰면 좀비 마거릿 대처처럼 보일 거야."

엄마는 손으로 민머리를 쓸었다.

"늦겠어요."

코너가 시계를 보며 말했다.

"그래, 내 아들."

엄마가 몸을 기울여 코너 이마에 입을 맞췄다.

"착한 아이야. 네가 그렇게 착하지 않아도 되면 좋겠구나."

엄마가 다시 말했다.

코너는 학교에 가려고 나서면서 엄마가 찻잔을 들고 싱크대 위에 있는 부엌 창문 쪽으로 가는 걸 보았다. 코너가 현관문을 열고 나갈 때 엄마가 말하는 게 들렸다.

"저기 오래된 주목이 있지."

마치 혼잣말을 하는 것 같았다.

학교

일어서는데 입 안에 벌써 피 맛이 돌았다. 바닥에 부딪칠 때 입술 안쪽을 깨물었다. 코너는 몸을 일으키면서 못 먹을 게 입에 들어왔을 때처럼 바로 뱉고 싶게 만드는 낯선 쇠 맛에 정신을 집중했다.

코너는 피를 삼켰다. 코너가 피를 흘린 걸 알면 해리와 일당들이 뛸 듯이 기뻐할 것이다. 뒤에서 앤톤과 설리의 웃음소리가 들렸고, 해리가 어떤 표정을 짓고 있을지 보지 않아도 뚜렷이 알 수 있었다. 해리가 재미있다는 듯 차분한 목소리로 뭐라고 말할지도 짐작할 수 있었다. 그 목소리는 별로 얽히고 싶지 않은 어른 목소리를 흉내 낸 것 같았다.

"계단 조심해. 넘어지지 않게."

해리가 말했다.

'그래, 그렇게 말할 줄 알았다.'

전에는 이렇지 않았다.

해리는 '금발의 수재', 해마다 선생님들의 총애를 한 몸에 받는 아이였다. 언제나 가장 먼저 손을 드는 학생, 축구 경기장에서 가장 빠른 선수, 그렇지만 코너한테는 그냥 같은 반 아이일 뿐이었다. 친구 사이는 아니었다. 해리는 사실 친구가 없었다. 추종자들만 있을 뿐이었다. 앤톤과 설리는 그냥 해리 뒤에 서서 해리가 무슨 짓을 하든 웃기만 했다. 아무튼 코너와 해리는 원수 사이도 아니었다. 아마 코너는 해리가 자기 이름을 알았다면 좀 놀랐을 것이다.

그런데 지난해 언젠가부터 뭔가가 달라졌다. 해리가 코너를 주목하기 시작했다. 코너와 눈을 마주치려고 했고, 재미를 느끼는 듯 무심히 바라보았다.

코너 엄마한테 일이 생기기 시작할 때도 아니었다. 아니, 한참 뒤에, 코너가 악몽, 바보 같은 나무 말고 진짜 악몽을 꾸기 시작했을 때였다. 소리 지르고 추락하는 꿈. 다른 누구에게도 절대 말하지 않을 꿈. 코너가 그 꿈을 꾸기 시작했을 때, 바로 그때 해리가 코너에게 눈독을 들이기 시작했다. 해리만 볼 수 있는 비밀스러운 표식이 코너에게 새겨지기라도 한 것처럼 말이다.

철이 자석에 끌리듯 해리를 코너에게 끌어당기는 표식이…….

새 학기 첫날, 해리는 운동장으로 들어오는 코너의 발을 걸어 바닥에 고꾸라뜨렸다.

그렇게 시작되었다.

그리고 계속되었다.

코너는 계속 앤톤과 설리의 웃음을 등지고 서 있었다. 상처가 얼마나 심한지 보려고 혀로 입술 안쪽을 훑어 보았다. 아주 심하진 않았다. 더 아무 일 없이 수업에 들어갈 수만 있으면 별 탈 없을 것이다.

그런데 무슨 일이 일어났다.

"그만해!"

코너는 그 목소리를 듣고 얼굴을 찡그렸다.

돌아보니 릴리 앤드루스가 성난 얼굴을 해리에게 들이밀었고, 앤톤과 설리는 더 크게 웃어 댔다.

"네 푸들이 너 구하러 왔다."

앤톤이 말했다.

"공평한 싸움이 되게 하려는 것뿐이야."

릴리가 씩씩거렸다. 꽉 동여맸는데도 삐져나온 뻣뻣한 곱슬머리가 푸들처럼 달랑거렸다.

"코너, 너 피 난다."

해리가 릴리를 무시하며 태연하게 말했다.

코너는 얼른 손을 입가에 갖다 댔지만 이미 입 가장자리에서 피가 흘러내렸다.

"쟤 대머리 엄마가 뽀뽀를 해 줘야 나을 거야!"

설리가 꽥꽥거렸다.

코너 배 속에 불덩어리가 들어앉았다. 조그만 해가 배 속을 태우는 것 같았다. 그러나 코너가 대응하기 전에 릴리가 먼저 움직였다. 릴리는 화가 나 빽 소리를 지르며 설리를 수풀로 밀어 넘어뜨렸다.

"릴리 앤드루스!"

운동장 저쪽에서 무서운 목소리가 들렸다.

모두들 굳어 버렸다. 설리도 일어나려다 말고 멈칫했다. 학년 주임인 콴 선생님이 달려오고 있었다. 얼굴을 무섭게 찡그려 흉터처럼 깊게 주름져 있었다.

"선생님, 쟤들이 시작했어요."

릴리가 벌써 변명을 하기 시작했다.

"듣고 싶지 않다."

콴 선생님이 말했다.

"설리, 괜찮니?"

설리는 릴리를 힐끗 째려보더니 얼굴에 고통스러운 표정을 지었다.

"모르겠어요, 선생님. 조퇴해야 할지도 모르겠어요."

"엄살 부리지 마라."

콴 선생님이 말했다.

"릴리는 내 방으로 와라."

"하지만 선생님,

쟤들이……."

"어서, 릴리."

"코너 엄마를 놀렸다고요!"

이 말에 모두들 다시 굳어 버렸다. 코너 배 속의 불타는 해는 더 뜨거워져서 코너를 산 채로 집어삼켜 버릴 것 같았다. 그리고 머릿속에서는 그 악몽이 다시 번뜩 떠올랐다. 울부짖는 바람, 불타는 어둠.

코너는 그 생각을 밀어냈다.

"코너, 그게 정말이니?"

콴 선생님이 설교하는 목사처럼 진지한 표정으로 물었다.

입 안에 피가 고여 토하고 싶었다. 코너는 해리 일당을 돌아보았다. 앤톤과 설리는 불안한 얼굴이었지만 해리는 침착하고 태연자약

한 얼굴을 하고 코너가 뭐라고 말할지 정말 궁금하다는 표정으로 보고 있었다.

"아뇨, 선생님. 아니에요. 그냥 넘어졌어요. 절 도와주려고 그런 거예요."

코너가 피를 삼키며 말했다.

순간 릴리 얼굴은 놀라서 상처받은 표정이 되었다. 릴리 입이 떡 벌어졌지만, 아무 말도 나오지 않았다.

"교실로 가라. 릴리, 넌 남고."

콴 선생님이 말했다.

릴리는 콴 선생님에게 끌려가면서 계속 코너를 돌아보았지만, 코너는 얼굴을 돌렸다.

해리가 가방을 집어 코너에게 내밀었다.

"코너, 잘했어."

해리가 말했다.

코너는 아무 말도 하지 않고 거칠게 가방을 낚아채 교실 안으로 들어갔다.

생활 글

이야기라……. 집으로 걸어가는 길에 코너는 숙제를 걱정했다.

수업이 끝나고, 코너는 무사히 도망쳤다. 종일 해리 일당을 피하며 보냈다. 사실 걔들이 콴 선생님한테 거의 들킬 뻔해 놓고 바로 코너에게 다른 사고를 일으키는 무리수는 두지 않을 테지만 말이다. 코너는 릴리도 피해 다녔다. 릴리는 빨갛게 부은 눈으로 교실에 돌아와 잡아먹을 듯 무서운 눈길로 코너를 쏘아봤다. 수업 끝나는 종이 울리자, 코너는 얼른 밖으로 뛰쳐나왔다. 한 블록 한 블록 학교에서 멀어질 때마다 학교와 해리와 릴리의 짐이 어깨에서 덜어지는 느낌이었다.

이야기라……. 코너는 다시 생각했다.

"너희들의 이야기 말이야. 할 만한 이야기가 있을 만큼 오래 살아 보지 않았다고 하지는 마라."

말 선생님이 영어 시간에 말했다.

생활 글이라고 선생님은 말했다. 자기 자신에 대해 글을 쓰는 숙제였다. 가게도, 살았던 곳, 방학 때 여행 간 곳, 행복한 기억 같은 것.

지금까지 있었던 중요한 일들.

코너는 어깨 위의 가방을 고쳐 멨다. 지금까지 있었던 중요한 일들 몇 가지가 떠올랐다. 그렇지만 글로 쓰고 싶은 것은 하나도 없었다. 아빠가 떠난 일. 고양이가 어느 날 집을 나가 돌아오지 않은 일. 엄마가 할 얘기가 좀 있다고 말했던 오후.

코너는 얼굴을 찌푸리고 계속 걸었다.

그런데 그때, 그 전날이 떠올랐다. 엄마는 코너가 가장 좋아하는 인도 식당에 데리고 가서 먹고 싶은 만큼 실컷 빈달루(고기, 조개, 마늘 등을 넣어 만든 인도 카레 요리_옮긴이)를 시키라고 했다. 그러더니 엄마가 웃으며 말했다.

"안 될 게 뭐야?"

엄마도 한 접시 시켰다. 차로 돌아가기도 전에 방귀가 나오기 시작했다. 차를 타고 가면서 죽어라 웃으며 신 나게 방귀를 뀌느라고 말도 제대로 할 수가 없었다.

그 일을 생각하기만 해도 웃음이 났다. 엄마가 차를 몰고 집으로 간 게 아니었기 때문이다. 다음 날이 학교 가는 날이었는데도, 엄마는 집이 아니라 영화관으로 차를 몰고 가서 코너를 놀라게 했다. 코너가 벌써 네 번이나 봤고 엄마는 지겨워 죽을 지경이라고 했던 영화였다. 그렇지만 코너와 엄마는 또 그 영화를 봤고, 계속 낄낄대면서 팝콘을 한 양동이 먹고 콜라도 양동이로 마셨다.

코너는 바보가 아니었다. 다음 날 엄마한테 그 얘기를 들었을 때,

코너는 엄마가 전날 무얼 한 건지 왜 그랬는지 알게 되었다. 그래도 그 전날 밤이 재미있었다는 사실은 달라지지 않았다. 둘이 미친 듯 웃어 댔던 것. 뭐든지 다 할 수 있을 것 같았던 것. 뭔가 엄청 좋은 일이 당장 그 자리에서 벌어져도 조금도 놀라지 않을 것 같았던 기분.

그렇지만 그것에 대해서도 쓰지 않을 거다.

"야!"

뒤쪽에서 부르는 소리가 들리자 코너는 끙 하는 소리를 냈다.

"야, 코너! 기다려!"

릴리였다.

"야!"

릴리가 마구 달려와서 코너 앞을 떡하니 막아섰다. 걸음을 멈추지 않으면 릴리와 부딪칠 상황이었다. 릴리는 숨을 헐떡이고 있었지만 얼굴은 아직도 성나 있었다.

"오늘 도대체 왜 그랬어?"

릴리가 말했다.

"귀찮게 하지 마."

코너가 릴리를 밀어내며 말했다.

"왜 콴 선생님한테 무슨 일이 있었는지 이야기하지 않은 거야? 왜 날 곤란하게 만들었느냐고?"

릴리가 쫓아오며 물었다.

"왜 네 일도 아닌 일에 끼어들어?"

"널 도우려고 그랬던 거야."

"네 도움 필요 없어. 도움 없이도 잘 지내."

코너가 말했다.

"그렇지 않잖아! 피를 흘리고 있었잖아."

릴리가 말했다.

"네가 상관할 일 아니야."

코너가 쏘아붙이고는 걸음을 빨리했다.

"일주일 동안 방과 후에 남아 있는 벌을 받았다고. 게다가 부모님한테 편지도 보낸대."

릴리가 앓는 소리를 했다.

"내 문제 아니야."

"하지만 네 잘못이야."

코너는 갑자기 걸음을 멈추고 릴리를 돌아보았다. 어찌나 무섭게 보였던지 릴리는 놀라서 겁먹은 듯 한 걸음 물러섰다.

"네 잘못이야. 전부 네 잘못이라고."

코너가 말했다.

코너는 보도를 따라 성큼성큼 걸어갔다.

"우린 친구였잖아."

릴리가 등 뒤에 대고 소리쳤다.
"그랬었지."
코너가 돌아보지 않고 말했다.

코너는 평생 릴리를 알고 지냈다. 결국 같은 얘기지만, 코너가 기억하는 가장 어릴 적부터 릴리는 늘 가까이에 있었다.
둘의 엄마는 코너와 릴리가 태어나기 전부터 친구였고, 릴리는 다른 집에 사는 누이나 다름없었다. 한쪽 엄마가 대신 아이를 봐줄 때는 특히 그랬다. 하지만 코너와 릴리는 그냥 친구일 뿐, 학교에서 가끔 사귀냐는 놀림을 당하긴 해도 연애 감정 같은 건 전혀 없었다. 사실 코너는 릴리가 여자애로 보이지도 않았다. 학교의 다른 여자애들처럼 생각할 수가 없었다. 다섯 살 때 크리스마스 연극에서 같이 양 역할을 했던 애를 어떻게 여자애로 생각할 수 있겠는가? 걔가 얼마나 코를 자주 후비곤 했는지 아는데? 아빠가 집을 나간 뒤에 코너가 얼마나 오랫동안 밤에 등을 켜 놓고 자야 했는지 걔가 아는데? 그건 그냥 순전한 우정이었다.
그러다가 엄마가 할 얘기가 좀 있다고 했고, 그다음 일은 아주 단순하고도 급작스럽게 일어났다.
아무도 몰랐다.
그런데 당연한 일이지만 릴리 엄마가 알게 되었다.

릴리도 알게 되었고.

그러고 나자 모든 사람이 알게 되었다. 모든 사람이. 그렇게 해서 단 하루 만에 세상이 완전히 달라졌다.

그리고 그 일에 대해 코너는 절대 릴리를 용서하지 않을 것이다.

한 블록, 한 블록 더 가자 코너의 집이 나왔다. 작긴 해도 단독 주택이었다. 이혼할 때 엄마가 요구했던 것은 단 한 가지였다. 그 집을 엄마와 코너 것으로 해 주고 아빠가 새 아내 스테파니와 같이 미국으로 떠난 뒤에도 그 집에서 나가지 않도록 해 달라는 것. 6년 전의 일이었다. 어찌나 오래되었는지 이따금 집에 아빠가 있었던 게 기억이 안 날 때도 있었다.

그렇다고 전혀 생각이 나지 않는 건 아니다.

코너는 집 너머 언덕과 구름 낀 하늘 위로 솟은 교회 뾰족탑을 올려다보았다.

그리고 잠든 거인처럼 묘지 위로 솟은 주목도.

코너는 주목을 일부러 뚫어지게 보았다. 그냥 나무일 뿐이라는 것, 기찻길 옆에 늘어선 다른 나무들과 다를 바 없는 그냥 나무라는 것을 확인하기 위해서였다.

나무. 그냥 나무일 뿐이다. 언제나 그랬듯 나무이다.

코너가 보고 있던 나무가, 햇살 속에서 거대한 얼굴을 쳐들더니 코너를 보고 팔을 뻗으며 불렀다.

코너.

코너는 순간 뒤로 물러서다가 길 위에 엉덩방아를 찧을 뻔했으나 주차된 차 보닛을 겨우 붙잡았다.

고개를 들어 보니, 다시 그냥 나무였다.

세 가지 이야기

그날 밤 코너는 침대에 누워 말똥말똥한 정신으로 옆 탁자에 놓인 시계를 보고 있었다.

정말 긴 저녁이었다. 냉동 라자냐를 요리하는 일만으로도 엄마는 완전히 지쳐 버려서 이스트엔더스(영국 BBC 방송의 인기 드라마_옮긴이)를 보기 시작한 지 5분 만에 잠이 들어 버렸다. 코너는 이 드라마를 싫어했지만 엄마를 위해서 녹화 버튼을 누른 뒤, 엄마에게 이불을 덮어 주고 부엌으로 가서 설거지를 했다.

엄마 휴대 전화가 울렸지만 엄마는 깨지 않았다. 코너는 발신자가 릴리 엄마인 걸 보고 음성 메시지로 넘어가게 내버려 두었다. 코너는 식탁에서 숙제를 했지만 말 선생님이 내준 생활 글 쓰는 숙제는 남겨 두었다. 그리고 방에서 인터넷을 좀 한 다음에 양치를 하고 잠자리에 들었다. 불을 막 끄자마자 엄마가 아주 미안한 기색으로, 그리고 아주 지친 기색으로 방에 들어와 잘 자라고 입을 맞추었다.

몇 분 뒤, 엄마가 화장실에서 토하는 소리가 들렸다.

"도와 드려요?"

코너가 침대에서 외쳤다.

"아니, 괜찮아. 이제 익숙해졌어."

엄마가 힘없는 목소리로 외쳤다.

그랬다. 코너도 그것에 익숙해졌다. 치료를 받은 뒤 두 번째 날과 세 번째 날이 가장 심했다. 엄마가 가장 피곤해하고 가장 많이 토하는 날이었다. 이제 거의 당연하게 여겨졌다.

잠시 뒤, 토하는 소리가 그쳤다. 화장실 불 끄는 소리가 나고 엄마 침실 방문 닫히는 소리가 났다.

그게 2시간 전이었다. 그때부터 자지 않고 기다리고 있었다.

무엇을?

침대 옆 시계에는 12:05라는 숫자가 나타났다. 곧 12:06이 되었다. 코너는 침실 창밖을 흘긋 보았다. 아직 날이 더웠지만 창문을 꽉 닫아 놓았다. 시계가 틱 소리를 내며 12:07로 넘어갔다.

코너는 일어나 창가로 가서 밖을 내다봤다.

몬스터가 마당에 서서 코너를 보고 있었다.

문 열어라. 이야기를 하고 싶다.

몬스터가 말했다. 창문이 열려 있기라도 한 듯 목소리가 뚜렷하게 들렸다.

"아, 그렇겠지. 그게 몬스터들이 가장 좋아하는 거니까. 이야기하는 것 말이야."

코너가 낮은 목소리로 말했다.

몬스터가 웃었다. 섬뜩한 모습이었다.

강제로 들어가야 한다면, 기꺼이 그렇게 하겠다.

몬스터가 말했다.

몬스터는 코너의 방 벽을 쳐서 뚫을 기세로 옹이 진 나무 주먹을 들었다.

"안 돼! 엄마를 깨우지 마."

코너가 말했다.

그럼 나와라.

몬스터가 말했다. 방 안에 있는데도 축축한 흙, 나무, 나뭇진 냄새가 코너 코에 확 끼쳤다.

"나한테 뭘 원해?"

코너가 말했다.

몬스터는 창문에 얼굴을 바짝 갖다 댔다.

내가 너한테 무얼 원하는 게 아니다, 코너 오말리. 네가 나한테 무얼 원하는 거지.

"난 아무것도 원하지 않아."

코너가 말했다.

지금은 아니지. 원하게 될 거다.

몬스터가 말했다.

"그냥 꿈이야."

코너는 뒷마당에 서서, 밤하늘 달빛을 등져 윤곽이 뚜렷이 드러난 몬스터를 올려다보면서 혼잣말을 했다. 코너는 팔짱을 단단하게 꼈다. 추워서가 아니라 자기가 정말 살금살금 계단을 내려와 뒷문을 열고 밖으로 나왔다는 게 믿기지 않아서였다.

코너 마음은 여전히 느긋했다. 이상한 일이었다. 이건 악몽이 분명했다. 당연히 악몽이었지만 다른 악몽하고 너무나 달랐다.

두려움도, 공포도, 어둠도 없었다.

그렇지만 몬스터가 있었다. 맑고 환한 밤처럼 또렷하게, 10미터, 15미터 높이로 솟아, 밤공기 속에서 거칠게 숨을 쉬는 몬스터였다.

"이건 꿈이야."

코너가 다시 말했다.

코너 오말리, 하지만 꿈이 뭔가? 이거 말고 다른 모든 것들이 꿈이 아니라고 누가 말할 수 있나?

몬스터가 몸을 숙여 코너에게 얼굴을 가까이 갖다 대며 말했.

몬스터가 움직일 때마다 거대한 몸에서 나무가 끼익거리고 삐걱거리고 벌어지는 소리가 들렸다. 또 나무 근육 같은 것 안에서 거대한 쇠밧줄처럼 얽힌 가지가 계속 꼬이고 다 같이 움직이며 내는 힘이 느겨졌다. 두 팔은 거대한 몸통에 이어져 있었고 몸통 위에 몬스터의 머리와 코너를 한입에 씹어 삼킬 수 있는 이빨이 있었다.

"넌 뭐야?"

코너가 몸을 더 세게 끌어안으며 말했다.

나는 '뭐'가 아니다. 나는 '누구'이다.

몬스터가 얼굴을 찌푸렸다.

"그럼 넌 누구야?"

코너가 말했다.

몬스터 눈이 벌어졌다.

내가 누구냐고?

몬스터가 말했다.

목소리가 점점 커졌다.

내가 누구냐고?

몬스터가 코너 눈앞에서 자라는 것 같았다. 점점 커지고 넓어졌다. 갑자기 거센 바람이 소용돌이처럼 둘을 감쌌고 몬스터는 팔을 넓게 벌렸다. 그 길이가 어찌나 긴지 두 팔이 반대편 지평선에 닿고, 세계를 전부 다 싸안을 것 같았다.

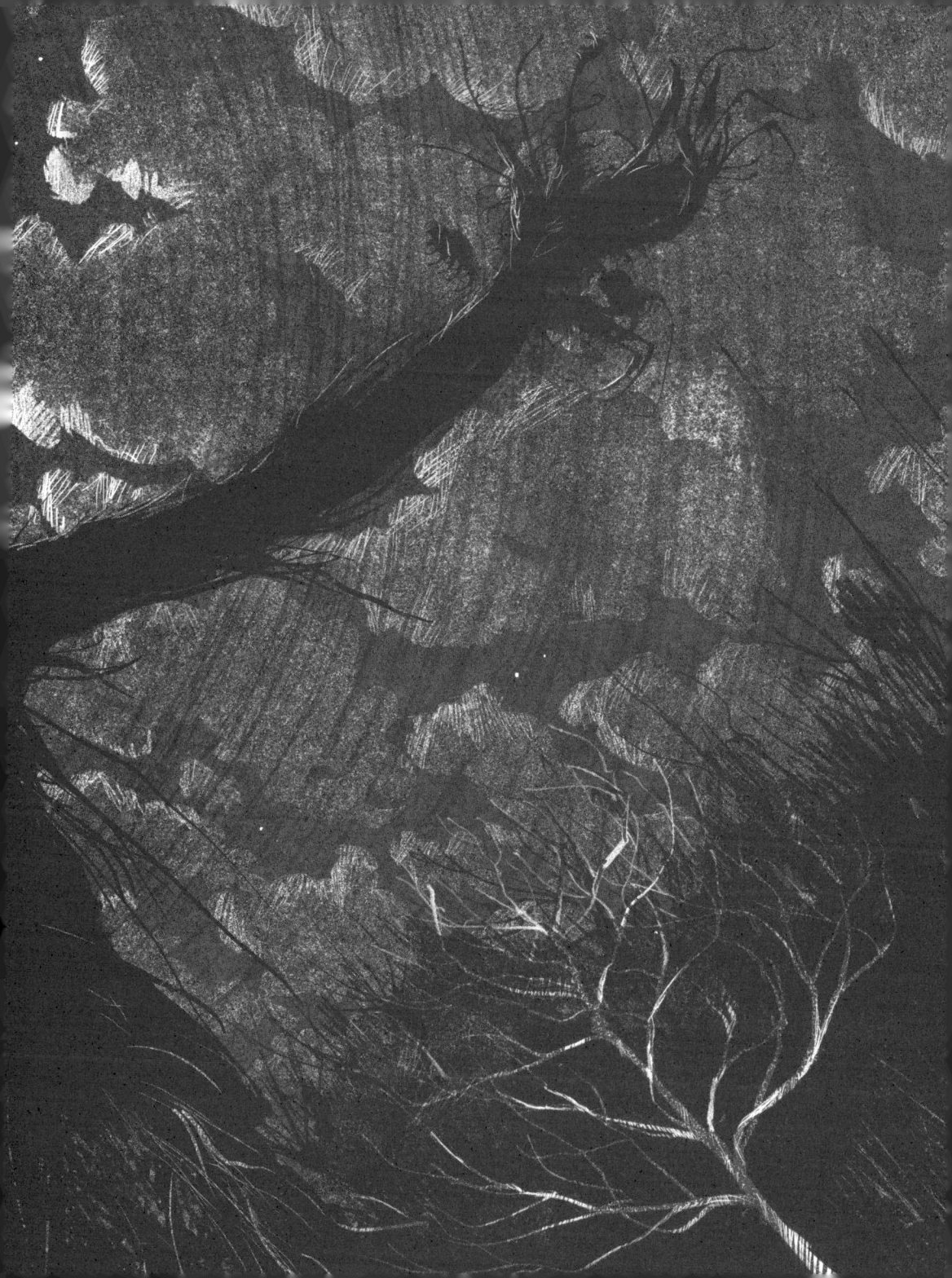

나는 시간의 햇수만큼 많은 이름을 가졌다! 나는 사냥꾼 헌(영국 민담에 나오는 버크셔 지방의 유령_옮긴이), 케르눈노스(켈트 신화에 나오는 신으로, 사후 세계를 다스린다._옮긴이), 영원한 녹색 사나이다!

몬스터가 울부짖었다.

거대한 팔이 아래로 내려오더니 코너를 낚아채 하늘 높이 들어 올렸다.

회오리바람이 불어왔고 바늘잎으로 뒤덮인 몬스터 살갗이 성난 듯 출렁였다.

몬스터는 울렁거리는 목소리로 계속 외쳤다.

내가 누구냐고? 나는 산맥을 이루는 척추다! 나는 강들이 우는 눈물이다! 나는 바람을 숨 쉬는 허파다! 나는 수사슴을 죽이는 늑대, 생쥐를 죽이는 매, 파리를 죽이는 거미다! 나는 잡아먹히는 수사슴, 생쥐, 파리다!

나는 자기 꼬리를 삼키는 세상의 뱀이다! 나는 길들여지지 않았고 길들일 수 없는 모든 것이다! 나는 이 거친 땅이고, 너에게 왔다. 코너 오말리.

몬스터는 코너를 자기 눈앞에 바싹 갖다 댔다.

"내가 보기엔 나무 같은데."

코너가 말했다.

몬스터는 코너가 비명을 지를 때까지 손아귀를 꽉 쥐었다.

난 삶과 죽음의 문제가 아니면 아무 때나 걸어오지 않는다. 내 말을 새겨들어라.

몬스터가 꽉 쥔 손을 풀었고 코너는 다시 숨을 쉴 수 있었다.

"그래서 나하고 뭘 할 거야?"

코너가 물었다.

몬스터는 사악한 웃음을 지었다. 바람이 잦아들었고 정적이 내려앉았다.

이제야 눈앞의 문제를 이야기하게 됐군. 내가 걸어온 까닭을.

몬스터가 말했다.

코너는 갑자기 무슨 일이 일어날지 두려웠고 긴장됐다.

코너 오말리, 나는 앞으로 또 너를 찾아올 것이다. 그리고 네게 세 가지 이야기를 해 줄 거다. 내가 전에 걸었을 때의 이야기다.

몬스터가 말을 이었다.

코너는 주먹이 날아오길 기다릴 때처럼 배 속이 뒤틀리는 걸 느꼈다.

"이야기를 해 준다고?"

코너는 눈을 깜박거리고, 또 깜박거렸다.

그래.

몬스터가 말했다.

"음, 그게 어떻게 악몽이지?"

코너는 믿을 수가 없어 주위를 둘러보았다.

이야기는 세상 무엇보다도 사나운 것이다. 이야기는 쫓아오고 물고 붙잡는다.

몬스터가 우렁우렁한 목소리로 말했다.

"선생님들이 늘 하는 얘기야. 하지만 아무도 그런 말은 믿지 않아."

코너가 말했다.

내가 세 가지 이야기를 끝내고 나면, 네가 네 번째 이야기를 할 것이다.

몬스터는 코너의 말을 무시하며 말했다.

"난 이야기는 못해."

코너가 몬스터의 손아귀 안에서 몸을 비틀었다.

네가 네 번째 이야기를 할 거다. 그리고 그것이 진실이 될 것이다.

몬스터가 되풀이했다.

"진실?"

그냥 진실이 아니라. 너의 진실.

"알았어. 하지만 끝이 오기 전에 내가 두려워하게 될 거라고 했는데, 조금도 무섭게 들리지 않아."

코너가 말했다.

그렇지 않다는 걸 너도 안다. 코너 오말리, 너는 네 진실이, 네가 감추는 것이, 네가 가장 두려워하는 것이라는 걸 안다.

몬스터가 말했다.

코너는 뒤틀던 몸을 멈췄다.

'설마 그 뜻은…… 그 뜻일 리가……'

몬스터가 그걸 알 리가 없었다.

'아니, 아니야.'

코너는 진짜 악몽에서 무슨 일이 일어났는지 수백만 년이 지나더라도 절대로 절대로 말하지 않을 것이다.

너는 이야기할 거다. 그러려고 네가 나를 불렀으니.

몬스터가 말했다.

"널 불렀다고? 난 널 부르지 않았어!"

코너의 머릿속은 한층 더 뒤죽박죽이 되었다.

네가 네 번째 이야기를 할 거다. 네가 진실을 말할 것이다.

"만약에 내가 말하지 않는다면?"

코너가 물었다.

몬스터는 또다시 사악한 웃음을 지었다.

그러면 널 산 채로 먹어 버릴 거다.

몬스터 입은 세상을 통째로 집어삼킬 만큼, 코너를 영원히 사라지게 만들 만큼 커졌다.

코너는 비명을 지르며 침대에서 벌떡 일어났다.

침대였다. 다시 침대로 돌아와 있었다.

'당연히 꿈이었지. 꿈이고말고. 또 꿈을 꾼 거야.'

코너는 성난 듯 한숨을 내쉬며 손바닥으로 눈을 비볐다. 이렇게 피곤한 꿈을 꾸면서 어떻게 쉴 수가 있나?

코너는 이불을 걷어차며 물을 한 잔 마셔야겠다고 생각했다.

'일어나서 다시 새롭게 밤을 시작하는 거야. 이 멍청한 꿈은 잊어버리고, 도무지 말도 안 되는……'

발아래에서 무언가가 으깨졌다.

등을 켰다. 방바닥이 독이 있는 붉은 주목 열매로 뒤덮여 있었다.

이유는 모르지만 주목 열매들이 잠겨 있는 창문 안으로 들어온 것이다.

외할머니

"엄마 말 잘 듣고 있었니?"

외할머니가 코너 뺨을 어찌나 세게 꼬집었던지 피가 날 것 같았다.

"아주 착해요, 엄마. 그러니까 그렇게 아프게 하실 필요 없어요."

코너 엄마가 외할머니 등 뒤에서 코너에게 눈짓을 하며 말했다. 엄마는 가장 좋아하는 파란 스카프를 머리에 두르고 있었다.

"하, 그럴 리가."

외할머니가 말하며 코너의 두 뺨을 장난스럽게 톡톡 두드렸는데 사실은 정말 아팠다.

"가서 네 엄마와 내가 마실 찻물 좀 끓이지 그러냐?"

외할머니가 물었지만 질문이라기보다는 명령처럼 들렸다.

이제 살았다고 생각하며 코너가 거실에서 나갈 때, 외할머니는 허리에 손을 얹고 엄마를 돌아보았다. 코너는 부엌으로 가며 외할머니가 하는 말을 들었다.

"자, 이제 널 어떻게 하면 좋을까?"

코너 외할머니는 다른 할머니들과 달랐다. 코너는 릴리 할머니를 수도 없이 봤는데 릴리 할머니야말로 전형적인 할머니였다. 주름투성이고, 늘 웃고, 머리카락은 희고, 기타 등등. 릴리 할머니는 요리를 할 때면 한없이 오래 삶은 채소 요리를 모든 사람들에게 세 가지씩 만들어 줬고, 크리스마스 때면 작은 셰리 잔을 들고 머리에는 종이 왕관을 쓴 채 구석에서 쿡쿡 웃었다.

반면 코너 외할머니는 양장점에서 맞춘 바지 정장을 입었고 흰머리가 보이지 않게 염색을 했고 전혀 말도 안 되는 소리를 했다. 이를테면 "60대는 새로운 50대."라거나 "클래식 자동차에는 가장 값비싼 칠을 하는 법."이라거나. 그게 대체 무슨 소린지. 생일 카드는 이메일로 보냈고 웨이터와 와인을 두고 입씨름을 벌였고 아직까지 일을 했다. 외할머니 집은 더 심했다. 절대로 만지면 안 되는 값비싼 골동품으로 가득 차 있었다. 도우미 아주머니가 먼지조차 털지 못하게 하는 시계 같은 것들 말이다. 그것도 그렇다. 도우미를 쓰는 할머니가 어디 있나?

"설탕 두 스푼, 우유는 넣지 마라."

외할머니가 차를 타고 있는 코너에게 외쳤다. 수천 번은 말했는데 아직도 모를까 봐서…….

"고맙다, 애야."

코너가 차를 가지고 오자 외할머니가 말했다.

"고마워."

엄마가 외할머니 눈길을 피해 코너에게 웃음을 지어 보였다. 그리고 외할머니와 단둘이 남지 않게 같이 있어 달라는 눈빛을 보냈다. 코너는 자기도 모르게 살짝 웃음이 났다.

"얘야, 오늘 학교 어땠니?"

외할머니가 물었다.

"괜찮았어요."

코너가 말했다.

사실은 괜찮지 않았다. 릴리는 아직도 씩씩거리고 있었고, 해리는 뚜껑을 연 매직을 코너의 가방 안 깊숙이 집어넣었고, 콴 선생님은 코너를 따로 불러서 심각한 표정을 지으며 어떻게 지내느냐고 물었다.

"알겠지만, 우리 집에서 멀지 않은 곳에 아주 좋은 사립 학교가 있단다. 자세히 알아봤는데 학업 수준이 아주 높아. 공립 학교에서 가르치는 것보다 훨씬 높을 거다."

외할머니가 찻잔을 내려놓으며 말했다.

코너는 외할머니를 노려보았다. 그게 바로 외할머니가 오는 게 싫은 또 다른 이유였기 때문이다. 외할머니가 한 말은 코너가 다니는 학교를 무시하는 말이었다.

그게 전부가 아닐 수도 있었다. 앞으로 있을 수 있는 일을 암시하는 건지도 몰랐다.

그 일 뒤에 있을 수 있는 일.

코너는 배 속 깊은 곳에서 분노가 솟구치는 걸 느꼈다.

"엄마, 쟤는 지금 다니는 학교가 좋대요. 코너, 그렇지?"

엄마가 코너에게 눈치를 주며 얼른 말했다.

코너는 이를 뽀드득 갈며 대답했다.

"이대로가 좋아요."

저녁밥은 중국 음식점에서 사 왔다. 코너 외할머니는 요리를 별로 하지 않았다. 사실이었다. 외할머니 집에 가 보면 냉장고 안에 달걀 하나, 아보카도 반쪽 정도밖에 없었다. 코너 엄마는 너무 힘들어서 요리를 하지 못했다. 코너가 뭘 만들 수 있었지만, 외할머니는 그런 가능성은 생각도 하지 않는 것 같았다.

그렇지만 치우는 일은 코너에게 시켰다. 코너가 은박 포장지를 쓰레기통 안, 독이 있는 열매가 담긴 비닐봉지 위에 쑤셔 넣을 때 외할머니가 등 뒤로 다가왔다.

"애야, 이야기 좀 하자."

외할머니는 코너가 나가지 못하게 문가를 막아선 채 말했다.

"저도 이름 있어요. '애'가 아니라고요."

코너가 쓰레기통 안에 쓰레기를 밀어 넣으며 말했다.

"버릇없이 말하지 마라."

외할머니가 말했다. 외할머니는 팔짱을 끼고 서 있었다. 코너는 외할머니를 잠시 노려보았다. 외할머니도 코너를 노려보았다. 그러더니 혀를 찼다.

"코너, 난 네 적이 아냐. 네 엄마를 도와주려고 왔어."

외할머니가 말했다.

"왜 오셨는지 알아요."

코너는 행주를 꺼내 이미 깨끗한 조리대를 닦으며 말했다.

외할머니는 팔을 뻗어 코너 손에서 행주를 낚아챘다.

"열세 살짜리 아이가 시키지도 않았는데 조리대를 훔치고 있으면 안 되기 때문에 온 거다."

코너가 외할머니를 노려보았다.

"그럼 외할머니가 하시려고 했어요?"

"코너!"

"그냥 가세요. 외할머니 없어도 돼요."

코너가 말했다.

"코너! 앞으로 있을 일에 대해 이야기해야 해."

외할머니가 더 엄한 목소리로 말했다.

"아뇨, 그럴 필요 없어요. 엄마는 치료받고 나면 늘 저렇게 안 좋으세요. 내일은 더 좋아질 거예요. 그럼 집에 돌아가셔도 돼요."

코너는 외할머니를 노려보았다.

외할머니는 천장을 올려다보며 한숨을 내쉬었다. 그러더니 손으로 얼굴을 문질렀다. 코너는 외할머니가 정말 화가 난 것을 보고 놀랐다.

코너한테 화가 난 건 아닌 것 같았다.

코너는 다른 행주를 꺼내 다시 닦기 시작했다. 외할머니를 보지 않기 위해서였다. 코너는 싱크대까지 닦고 나서 우연히 창밖을 내다보았다.

몬스터가 지는 해처럼 커다란 모습으로 뒷마당에 서 있었다.

코너를 보고 있었다.

"내일이 되면 더 좋아진 것처럼 보이긴 하겠지. 그렇지만 좋아지진 않을 거다, 코너."

외할머니가 말했다. 목소리가 갈라졌다.

이건 말도 안 되는 얘기다. 코너는 외할머니를 돌아봤다.

"엄마는 나으려고 치료를 하는 거예요. 그래서 병원에 가는 거라고요."

외할머니는 한참 동안 말없이 코너를 보고 있었다. 무언가를 결정하려고 하는 것 같았다. 마침내 외할머니가 말을 꺼냈다.

"네 엄마와 이야기를 좀 해 보렴."

그러고는 마치 혼잣말처럼 말했다.

"너한테 그 이야기를 해야 해."

"저한테 무슨 이야기를 해요?"

코너가 물었다.

외할머니가 팔짱을 꼈다.

"네가 나랑 같이 사는 것 말이다."

코너가 얼굴을 찡그렸다. 한순간 방 안이 어두컴컴해지고, 집 전체가 흔들리는 것 같았다. 코너는 손을 뻗어 마룻장 전체를 검은 흙으로부터 뜯어낼 수 있을 것 같은 기분이 들었다.

코너는 눈을 깜박였다. 외할머니는 대답을 기다리고 있었다.

"외할머니와 같이 살지 않을 거예요."

코너가 말했다.

"코너!"

"절대로 외할머니와 같이 살지 않을 거예요."

"아니, 같이 살아야 해. 미안하지만 어쩔 수 없다. 엄마가 너한테 상처를 주지 않으려고 하는 건 알겠는데, 나는 이 일이 모두 끝났을 때에도 너에게 집이 있다는 걸 아는 게 아주 중요하다고 생각한다. 널 사랑하고 돌봐 줄 누군가가 있는 집 말이다."

외할머니가 말했다.

"이 일이 모두 끝났을 때, 외할머니는 가시면 되고 우린 잘 지낼 거예요."

코너가 성난 목소리로 말했다.

"코너!"

그때 거실에서 무슨 소리가 들렸다.

"엄마? 엄마?"

외할머니는 부엌에서 번개처럼 달려 나갔고, 코너는 놀라 펄쩍 뛰었다. 엄마의 콜록거리는 기침 소리와 외할머니의 말소리가 들렸다.

"괜찮아, 애야, 괜찮아. 쉬, 쉬, 쉬."

코너는 거실로 나가면서 부엌 창밖을 내다보았다.

몬스터는 가고 없었다.

외할머니는 소파에 앉아 엄마를 안고 등을 문질러 주었다. 엄마는 만일을 대비해 가까이 갖다 놓은 양동이에 토하고 있었다.

외할머니는 코너를 바라보았다. 그러나 얼굴이 단호하게 굳어 있어 표정을 읽을 수가 없었다.

사나운 이야기

집 안은 컴컴했다. 마침내 외할머니는 엄마를 침대에 눕히고 코너 방으로 들어갔다. 외할머니는 코너에게 방에서 뭐 꺼낼 거 없느냐고 묻지도 않고 문을 닫아 버렸다.

코너는 소파에 누워 있었지만 잠들지 않았다. 잠이 올 것 같지 않았다. 외할머니한테 그런 말을 듣고, 오늘 밤 엄마가 어떤 모습인지 보고 그냥 잘 수는 없었다. 치료받은 지 사흘이나 지나 엄마가 나아질 때가 되었지만, 엄마는 전보다 훨씬 오랫동안 토했고 여전히 지쳐 보였다.

코너는 이런 생각을 머리에서 몰아냈지만, 같은 생각이 금방 다시 떠올라 계속 밀어내야 했다. 그러다 결국 잠이 들었다. 자기가 잠이 들었다는 사실을 안 건 악몽이 찾아왔기 때문이다.

나무가 아니라, 그 악몽이.

바람이 울부짖고, 땅이 흔들리고, 꽉 잡은 손이 자꾸만 미끄러지고, 코너가 온 힘을 다했지만 손이 저절로 풀리고, 떨어지고, 비명을 지르고……

"안 돼!"

코너가 소리쳤다. 잠에서 깬 뒤에도 공포가 뒤쫓아 와 가슴을 어찌나 세게 조이던지 숨을 쉴 수가 없었고 목이 꽉 막힌 것 같았다. 눈물이 차올랐다.

"안 돼."

코너가 좀 더 작은 목소리로 다시 말했다.

집은 고요하고 캄캄했다. 코너는 잠시 귀를 기울였지만 바스락거리는 소리도 안 났다. 엄마한테서도 외할머니한테서도 아무 소리도 들리지 않았다. 코너는 어둠 속에서 눈을 가늘게 뜨고 DVD 플레이어의 시계를 봤다.

12:07. 그렇겠지.

코너는 어둠 속에서 귀를 기울였다. 하지만 아무 일도 일어나지 않았다. 자기 이름을 부르는 소리도 들리지 않았고 나무가 삐걱거리는 소리도 들리지 않았다.

오늘 밤에는 오지 않을지도 모른다.

12:08. 시간이 바뀌었다.

12:09.

어쩐지 화가 치미는 걸 느끼며 코너는 일어나서 부엌으로 갔다. 창밖을 내다봤다.
몬스터가 뒷마당에 서 있었다.
왜 이렇게 늦었나?
몬스터가 물었다.

너한테 첫 번째 이야기를 들려줄 때가 됐다.
몬스터가 말했다.
코너는 밖으로 나가 정원 의자에 앉아 꿈쩍도 하지 않았다. 다리를 가슴으로 끌어당기고 얼굴을 무릎에 기댔다.

듣고 있나?

몬스터가 물었다.

"아니."

코너가 대답했다.

주위의 공기가 거세게 소용돌이치는 걸 느꼈다.

내 말을 들어야 한다! 나는 이 땅만큼 오래 살았으니 넌 마땅히 존경을 표해야 한다!

몬스터가 소리쳤다.

코너는 의자에서 일어나 부엌문을 향해 갔다.

어디 가는 거냐?

몬스터가 물었다.

코너는 홱 돌아봤다. 성나고 고통스러운 얼굴이었다. 몬스터는 거대하고 무성한 눈썹을 놀란 듯 위로 올리고 우뚝 서 있었다.

"네가 뭘 알아! 네가 대체 뭘 아느냐고!"

코너가 소리를 질렀다.

난 너에 대해 안다, 코너 오말리.

몬스터가 말했다.

"아니, 몰라. 안다면 바보 같고 지루한 이야기를 심지어 진짜도 아닌 나무한테서 들을 시간이 없다는 걸 알겠지."

코너가 말했다.

그래? 방바닥에 떨어져 있던 열매도 꿈이었나?

몬스터가 말했다.

"꿈이건 아니건 무슨 상관이야? 바보 같은 열매들일 뿐인데. 아, 무서워라. 아, 제발, 제발, 열매들한테서 날 구해 줘!"

코너가 소리쳤다.

정말 이상하군. 네가 하는 말은 열매가 무섭다는 말로 들리는데, 네가 하는 행동은 그 반대인 것 같으니.

몬스터는 어리둥절한 얼굴로 바라보았다.

"이 땅만큼 오래 살았다면서 비꼬는 말도 몰라?"

코너가 물었다.

아, 뭔지 알지. 하지만 보통 사람들은 나한테 그런 말을 할 정도로 어리석진 않아.

몬스터가 거대한 가지 팔을 허리에 갖다 대며 말했다.

"날 그냥 내버려 둘 순 없어?"

정말 이상한 일이야. 어떻게 해도 날 무서워하게 만들 수 없는 것 같군.

몬스터는 고개를 저었지만, 코너의 말에 대한 대답은 아니었다.

"넌 나무잖아."

코너가 말했다. 나무 말고 다른 거라고는 생각할 수가 없었다. 그게 걸어 다니고 말을 한다 하더라도, 집보다 더 크고 자기를 한입에 삼킬 수가 있다고 하더라도, 몬스터는 그때가 지나고 나면 그냥 주목이었다. 몬스터의 팔꿈치 언저리 가지에서 열매가 자라는 것까지 보였다.

그리고 네겐 두려워할 만한 더 끔찍한 일들이 있지.

몬스터가 말했는데 묻는 말은 아니었다.

코너는 땅을 내려다보고, 달을 올려다보았다. 몬스터의 눈만은 바라보지 않았다. 악몽의 느낌이 몸 안에서 자라났고, 주변 모든 게 어둠으로 변해 갔고, 모든 게 어쩔 수 없는 일처럼 묵직하게 느껴졌다. 맨손으로 산을 옮겨야만 하고, 다 옮기기 전까지는 이곳을 떠날 수 없는 상황인 것처럼.

"아까 생각했는데……."

코너는 입을 열었지만, 말을 하기 전에 헛기침을 해야 했다.

"아까 내가 외할머니랑 싸울 때 날 바라보고 있는 널 보면서 생각했는데……."

뭘 생각했나?

코너가 말을 맺지 않자, 몬스터가 물었다.

"아냐."

코너가 말하며 집 쪽으로 돌아섰다.

내가 널 도우러 왔을지도 모른다고 생각했지.

몬스터가 말했다.

코너가 걸음을 멈췄다.

내가 네 적을 쓰러뜨리려고 왔을지도 모른다고 생각했지. 용을 무찌르려고.

코너는 여전히 돌아보지 않았다. 하지만 집 안으로 들어가지도 않았다.

네가 날 불렀다고 내가 말했을 때, 내가 걸어온 까닭이 너라고 말했을 때, 그 말이 사실일지 모른다고 느꼈지. 그렇지 않나?

코너가 돌아보았다.

"하지만 넌 그냥 이야기를 하고 싶을 뿐이라고 했어."

코너는 목소리에서 실망감을 감추지 못했다. 정말 잠시 그런 생각을 했었기 때문이다. 그렇게 생각했었다. 그랬기를 바랐다.

몬스터는 무릎을 꿇고 앉아 코너에게 얼굴을 가까이 가져다 댔다.

내가 어떻게 적을 쓰러뜨렸는지에 대한 이야기다. 내가 어떻게 용을 무찔렀는가 하는 이야기.

몬스터가 말했다.

코너는 몬스터와 눈을 마주치며 눈을 깜박였다.

이야기는 사나운 짐승이다. 그걸 풀어놓으면, 어떤 파괴를 불러올지 모른다.

몬스터가 말했다.

몬스터는 고개를 들었고 코너는 몬스터의 시선을 따라갔다. 몬스터는 코너의 침실 창문을 보고 있었다. 외할머니가 자고 있는 방이었다.

내가 걸었을 때의 이야기를 들려주마. 사악한 왕비의 말로. 내가 어떻게 왕비를 다시는 볼 수 없게 만들었는지에 대한 이야기다.

몬스터가 말했다.

코너는 침을 삼키고 몬스터의 얼굴을 다시 돌아보았다.

"해 봐."

코너가 말했다.

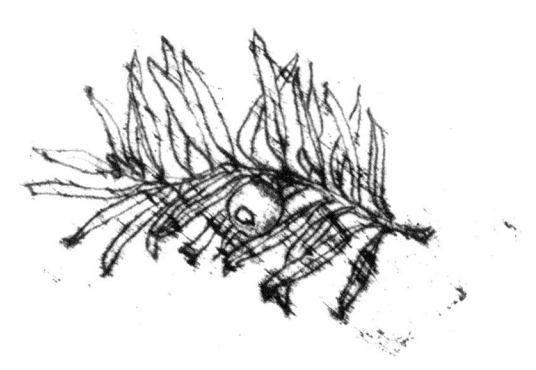

첫 번째 이야기

　아주 오래전, 도로가 나고 기차와 자동차가 다니기 전에 이 마을은 푸른 곳이었다. 나무가 언덕을 뒤덮고 길 가장자리마다 줄지어 있었다. 나무가 시내마다 그늘을 드리우고 집들을 감싸 주었다. 그때에도 집은 있었으니까. 돌과 흙으로 만들어진 집들이었다.
　이곳은 왕국이었다.
　"뭐라고? 여기가?"
　코너가 뒷마당을 둘러보며 말했다.
　들어 본 적 없나?
　몬스터는 고개를 갸웃하며 뜻밖이라는 듯 코너를 보았다.
　"여기에 왕국이 있었을 리가 없어. 여기에는 맥도날드조차 없다고."
　코너가 말했다.
　어쨌든 간에 왕국이었다. 작지만 행복한 곳이었지. 왕은 공명정대했고 역경을 통해 지혜를 얻은 사람이었다. 왕비가 튼튼한 아들 넷을 낳았지만, 왕은 재위 기간 동안 왕국의 평화를 지키기 위해 전장에 나가야만 했다. 거인과 용에 맞서서, 눈이 붉은 검은 늑대들에 맞서서, 위대한 마법사가 이끄는 군대에 맞서서 전투를 벌였다.

싸워서 국경을 지키고 땅에 평화를 이루었다. 그렇지만 승리에는 대가가 있었다. 왕의 네 아들들이 하나둘 차례로 모두 목숨을 잃었다. 거인의 손에, 용의 불에, 늑대의 이빨에, 군대의 창에 쓰러졌다. 하나씩 하나씩 왕국의 네 왕자가 모두 죽었고, 왕에게 후계자는 하나밖에 남지 않았다. 아직 아기였던 손자 하나만 남았지.

"옛날이야기처럼 들리는데."

코너가 의심스럽다는 듯 말했다.

창에 맞아 죽은 사람의 비명 소리나, 늑대에게 갈가리 찢기며 지르는 공포의 울부짖음을 들었다면 그런 소리는 하지 않을 거다. 이제 입 다물어라.

몬스터가 말했다.

머지않아 왕비도 슬픔에 쓰러졌고 어린 왕손의 어머니도 뒤를 따랐다. 왕에게는 어린 손자 하나와 한 사람이 홀로 감당할 수 있는 한도를 넘어서는 슬픔밖에 남지 않았다.

"재혼을 하겠다. 나 자신이 아니라 왕손과 왕국을 위해서이다."

왕이 결심했다.

그리고 이웃 왕국의 공주와 결혼했다. 두 왕국의 결속을 다지는 정략결혼이었다. 새 왕비는 젊고 아름다웠다. 표정이 좀 엄하고 말투가 날카롭기는 했지만, 그래도 왕을 행복하게 해 주는 것 같았다.

시간이 흘렀다. 어린 왕손은 자라 청년이 되었다. 이제 2년이 지나, 열여덟 살 생일이 되면 늙은 왕이 죽은 뒤 왕위를 물려받을 수 있는 나이가 된다. 행복한 나날이었다. 전쟁은 끝이 났고, 용맹한 젊은 왕손이 있으니 앞날도 든든하게 여겨졌다.

그런데 어느 날 왕이 병석에 누웠다. 새 왕비가 왕에게 독을 먹였다는 소문이 퍼지기 시작했다. 새 왕비가 사악한 마법을 부려 자기 모습을 실제보다 훨씬 어려 보이게 꾸민다는 이야기도 돌았다. 젊은 얼굴 아래에는 노파의 무서운 얼굴이 숨겨져 있다는 것이었다. 새 왕비가 왕에게 독을 먹였을 리가 없다고 믿어 주는 사람은 없는 것 같았다. 왕은 숨을 거두기 직전까지 새 왕비를 나무라지 말라고 신민들에게 당부를 했지만 사람들의 생각은 달라지지 않았다.

결국 왕은 왕손이 왕위를 물려받는 나이가 되기 일 년 전에 세상을 떠났다. 대신 새 왕비가 섭정이 되어 왕손이 왕위를 물려받을 수 있을 만큼 자랄 때까지 국사를 맡게 되었다.

처음에는 모두들 새 왕비가 나라를 잘 다스려서 놀랐다. 나쁜 소문이 있긴 했지만 새 왕비 얼굴은 여전히 젊고 아름답게 보였고, 새 왕비는 선왕의 통치 방식에 따라 나라를 다스리려고 애썼다.

한편, 왕손은 사랑에 빠졌다.

"그럴 줄 알았어. 이런 이야기들에서는 항상 멍청한 왕자들이 사랑에 빠지곤 하지. 좋게 끝날 줄 알았다고."

코너가 투덜거렸다.

몬스터는 코너 발목을 길고 억센 손으로 잡아채더니 순식간에 코너를 거꾸로 들었다. 공중에 매달린 코너의 티셔츠가 뒤집어지고 심장 소리가 코너의 머릿속에서 쿵쿵 울렸다.

몬스터가 다시 이야기를 계속했다.

아까 말했듯이 왕손은 사랑에 빠졌다. 농부의 딸이었지만 아름답고 영리한 아가씨였다. 농장 일은 복잡한 일이기 때문에 농부의 딸이라면 으레 똑똑해야 하니까. 왕국 백성들은 둘의 사랑을 기쁘게 반겼다.

하지만 새 왕비는 달랐다. 새 왕비는 섭정 통치에 만족을 느꼈고 이상하게 그 자리를 내놓기가 싫었다. 새 왕비는 왕위가 가족 안에서 계속 이어지고, 현명한 사람이 왕국을 다스리는 게 좋지 않겠느냐는 생각을 하기 시작했다. 그러려면 왕손이 자신과 결혼하는 것이 가장 좋은 방법이라고 생각했다.

"구역질 나! 자기 할머니하고 결혼한다고!"

코너가 뒤집힌 채로 말했다.

의붓 할머니지. 혈연관계는 아니고. 새 왕비는 외모나 모든 면에서 젊은 여성이었다.

몬스터가 말을 고쳐 주었다.

코너는 머리카락을 곤두세운 채로 고개를 흔들었다.

"말도 안 돼."

코너가 잠시 말을 멈추었다.

"나 좀 내려 줄 수 있어?"

몬스터는 코너를 땅에 내려놓고 이야기를 계속했다.

왕손도 새 왕비와 결혼하는 것은 잘못이라고 생각했다. 그러느니 차라리 죽고 말겠다고 생각했지. 왕손은 아름다운 농부의 딸과 같이 도망쳤다가 열여덟 살 생일이 되면 돌아와 새 왕비의 폭정으로부터 백성들을 구하겠다고 맹세했다. 어느 날 밤, 왕손과 농부의 딸은 말을 타고 도망갔다. 그러다 새벽녘이 되어 거대한 주목 그늘 아래에서 잠시 눈을 붙이기로 했다.

"너 말이야?"

코너가 물었다.

나다. 그렇지만 나의 일부일 뿐이지. 나는 어떤 모습 어떤 크기라도 될 수 있지만, 주목이 가장 편한 형태이다.

몬스터가 말했다.

왕손과 농부의 딸은 밝아 오는 새벽빛 속에서 서로를 꼭 껴안았다. 새로 왕국을 건설하고 혼인식을 올리기 전까지 순결을 지키기로 맹세했지만 욕정을 억누르기 힘들었고 얼마 지나지 않아 둘은 벌거벗은 채 서로 껴안고 잠이 들었다.

둘은 내 그늘 아래에서 하루 종일 잤고 다시 밤이 찾아왔다. 왕손이 깨어났다.

"일어나요, 내 사랑. 우리가 부부가 될 날을 위해 떠납시다."

왕손은 농부의 딸 귀에 대고 속삭였다.

그러나 사랑하는 이는 일어나지 않았다. 왕손은 농부의 딸을 흔들었고, 달빛 속에서 농부의 딸 몸이 축 처지는 걸 보고서야 땅이 피로 물든 것을 알아차렸다.

"피라고?"

코너가 물었지만 몬스터는 계속 이야기만 했다.

왕손의 손도 피투성이였고 나무뿌리 언저리에는 피 묻은 칼이 있었다. 누군가가 왕손의 사랑하는 여자를 살해하고 마치 왕손이 그런 짓을 저지른 것처럼 보이게 만들어 놓은 것이었다.

"새 왕비의 짓이다! 새 왕비가 이런 계략을 꾸민 것이다!"

왕손이 소리를 질렀다.

멀리에서 마을 사람들이 다가오는 소리가 들렸다. 마을 사람들이 여기로 온다면 칼과 피를 볼 것이고, 왕손을 살인자라고 생각할 것이었다. 죄를 저질렀으니 사형을 면치 못할 터였다.

"그러면 새 왕비는 아무 방해 없이 나라를 지배할 수 있겠군. 네가 그 여자 머리를 찢으면서 이야기가 끝났으면 좋겠어."

코너는 밥맛없다는 듯 말했다.

왕손은 도망갈 수도 없었다. 자는 동안 누군가 말을 쫓아 버렸다. 왕손이 몸을 피할 곳은 주목뿐이었다.

그리고 도움을 청할 곳도 주목뿐이었다.

그때는 세상이 지금보다 젊었다. 사물들 사이의 장막이 얇아서 쉽게 드나들 수 있었지. 왕손도 그 사실을 알았다. 그래서 왕손은 거대한 주목을 향해 고개를 들고 말을 했다.

몬스터가 말을 멈췄다.

"뭐라고 했는데?"

코너가 물었다.

나를 걷게 만들 만한 말을 했다. 나는 부당함을 보면 안다.

몬스터가 말했다.

왕손은 다가오는 마을 사람들에게 달려갔다.

"새 왕비가 내 신부를 죽였다! 새 왕비의 악행을 막아야 한다!"

왕손이 소리쳤지.

새 왕비가 마녀라는 소문이 돈 지 오래되었고 왕손은 백성들에게 많은 사랑을 받고 있었기 때문에 마을 사람들은 뻔한 사실을 금세 알 수 있었지. 게다가 위대한 녹색 사나이가 언덕처럼 우뚝 솟아 왕손 뒤에서 복수를 하기 위해 걷는 것을 보았으니 더더욱 그랬다.

코너는 몬스터의 엄청난 팔다리와 거친 이빨, 압도적으로 거대하고 기괴한 모습을 다시 흘긋 보았다. 새 왕비가 이 몬스터가 다가오는 것을 보았을 때 어떤 심정이었을지 상상해 보았다.

코너는 웃음을 지었다.

성난 백성들이 새 왕비의 성으로 몰려가 돌로 된 성벽을 무너뜨렸어. 방벽이 무너지고, 천장이 내려앉고, 군중은 새 왕비를 침실에서 끌어내어 산 채로 불태우기 위해 화형대로 끌고 갔지.

"잘됐네. 그래도 싸지."

코너가 웃으며 말했다. 코너는 외할머니가 자고 있는 자기 방 창문을 바라보았다.

"외할머니 문제도 네가 도와줄 수는 없겠지? 아니, 산 채로 불태우고 싶다는 게 아니라, 그냥 단지……."

코너가 물었다.

이야기가 아직 끝나지 않았다.

몬스터가 말했다.

첫 번째 이야기의 결말

"안 끝났다고? 새 왕비를 끌어내렸잖아."

코너가 물었다.

그랬지. 하지만 내가 한 일은 아니다.

몬스터가 말했다.

"새 왕비를 다시 볼 수 없게 만들었다고 했잖아."

코너는 어리둥절해져서 잠시 머뭇거렸다.

그렇게 했지. 사람들이 새 왕비를 산 채로 불태우려고 화형대에 불을 붙이기 시작했을 때. 나는 손을 뻗어서 새 왕비를 구했다.

"뭐라고?"

코너가 말했다.

새 왕비를 데리고 사람들이 찾을 수 없도록 아주 멀리 갔다. 새 왕비가 태어난 왕국보다도 더 멀리, 바닷가에 있는 마을로 데려갔다. 그리고 그곳에서 평화롭게 살도록 했다.

코너는 벌떡 일어났다. 믿기지 않는 이야기에 목소리가 높아졌다.

"농부의 딸을 죽였잖아! 어떻게 살인자를 구해 줄 수 있어? 넌 정말 몬스터야."

그러더니 코너는 고개를 떨구며 한 걸음 뒤로 물러섰다.

새 왕비가 농부의 딸을 죽였다고 말한 적 없다. 왕손이 그렇게 말했다고 했을 뿐이다.

몬스터가 말했다.

코너가 눈을 깜박였다. 그러더니 팔짱을 꼈다.

"그럼 누가 죽였는데?"

몬스터가 커다란 두 손을 벌리니 바람이 불고 안개가 피어올랐다. 코너의 등 뒤에는 집이 아직 있었지만 안개가 뒷마당을 자욱이 덮었다. 안개 한가운데 들판이 나타났고 거대한 주목 밑동에서 잠이 든 남녀가 보였다.

몸을 섞고 나서, 왕손은 자지 않고 있었다.

몬스터가 말했다.

코너는 젊은 왕손이 몸을 일으켜 잠이 든 농부의 딸을 내려다보는 모습을 보았다. 코너 눈에도 농부의 딸은 무척 아름다워 보였다.

왕손은 잠시 동안 농부의 딸을 내려다보더니, 몸에 담요를 두르고 주목 가지에 매어 둔 말에게 갔다. 왕손은 안장주머니에서 무언가를 꺼내더니 말을 풀어 주고 엉덩이를 찰싹 때려 달아나게 했다. 왕손은 주머니에서 꺼낸 것을 높이 들었다.

칼이 달빛 속에서 번뜩 빛났다.

"안 돼!"

코너가 말했다.

왕손이 칼을 들고 잠이 든 농부의 딸에게 다가갈 때 몬스터는 손을 모았고 다시 안개가 자욱이 내려앉았다.

"농부의 딸이 깨어나지 않아서 왕손이 놀랐다고 했잖아!"

코너가 말했다.

농부의 딸을 죽이고 나서, 왕손은 곁에 누워 잠을 청했다. 잠에서 깨었을 때 왕손은 누가 보고 있을지 몰라 연극을 했다. 이렇게 말하면 네가 놀랄지도 모르지만, 자기 자신을 위한 연극이기도 했다. 때로는 누구보다도 스스로를 먼저 속여야 할 때가 있지.

몬스터의 가지가 삐걱거렸다.

"왕손이 너한테 도와 달라고 했잖아! 그래서 네가 도와줬고!"

왕손이 나를 걷게 만들 만한 말을 했다고 했다.

코너는 눈을 휘둥그레 뜨고 몬스터와 뒷마당을 번갈아 보았다. 안개가 흩어지고 다시 뒷마당이 나타났다.

"왕손이 뭐라고 했는데?"

코너가 물었다.

왕국을 위해서 한 일이라고 했다. 새 왕비는 마녀이고, 선왕도 결혼할 때 마녀일지 모른다고 의심했지만 새 왕비가 너무 아름다워서 모른 척했다고 했다. 왕손은 혼자 힘으로는 강력한 마녀를 쓰러뜨릴 수가 없었다. 사람들이 분노하여 도와주어야 했다. 농부 딸의 죽음이 빌미가 될 수 있었다. 왕손에게도 가슴이 찢어지게 아픈 일이었지만, 자기 아버지도 왕국을 지키려다 목숨을 잃었으니 자신의 연인도 그럴 수밖에 없다고 했다. 농부 딸의 희생이 거대한 악을 무너뜨리는 발판이 될 것이라 했다. 왕손이 새 왕비가 자기 신부를 살해했다고 말했을 때, 왕손은 그 말이 자신에게는 진실이라고 믿었던 것이다.

"말도 안 되는 이야기야! 여자를 죽일 필요는 없었어. 사람들이 왕손을 좋아했다며. 그러지 않았더라도 왕손을 따랐을 거야."

코너가 외쳤다.

사람을 죽인 사람이 스스로를 정당화하는 말은 늘 의심스럽게 들어야 하지. 내가 부당함을 보고 걷게 된 까닭은 왕손이 아니라 새 왕비 때문이었다.

몬스터가 말했다.

"왕손이 저지른 일은 밝혀졌어? 벌을 받았어?"

코너가 충격을 받은 듯 멍하게 물었다.

백성들에게 사랑받는 왕이 되어, 장수하면서 죽는 날까지 평화롭게 나라를 다스렸다.

몬스터가 말했다.

코너는 자기 방 창문을 올려다보며 다시 얼굴을 찌푸렸다.

"그러니까 훌륭한 왕손은 살인자이고 사악한 왕비는 마녀가 아니었다는 말이군. 그게 이 이야기의 교훈이야? 내가 외할머니한테 잘해 드려야 한다는 게?"

전에 들어 보지 못한 이상한 소리가 들렸다. 우르릉거리는 소리였다. 잠시 뒤에야 코너는 몬스터가 웃고 있다는 걸 깨달았다.

내가 너한테 교훈을 주려고 이야기를 했다고 생각하나? 내가 너한테 착하게 살라는 교훈을 주려고 시간과 땅을 벗어나 걸어왔다고 생각하나?

몬스터가 말했다.

몬스터가 점점 더 큰 소리로 웃자, 땅이 덜덜 떨렸고 하늘이 무너질 것 같았다.

"어, 알았어."

코너가 당황해서 말했다.

아니, 그렇지 않다. 새 왕비는 틀림없이 마녀였을 것이고 엄청난 악을 행하려 하고 있었을 것이다. 누가 알겠는가. 어쨌든 권력을 놓지 않으려고 하지 않았나.

몬스터가 마침내 진정하고 말했다.

"그럼 왜 살려 줬는데?"

새 왕비가 살인자는 아니었기 때문이다.

코너는 생각에 잠겨 마당을 서성거렸다. 조금 더 돌아다녔다.

"이해가 안 가. 이 이야기에서 그럼 누가 좋은 사람이야?"

항상 좋은 사람은 없다. 항상 나쁜 사람도 없고. 대부분 사람들은 그 사이 어딘가에 있지.

코너는 고개를 흔들었다.

"끔찍한 이야기야. 속임수이고."

진실이지. 진실은 속임수처럼 여겨질 때가 많다. 백성들은 자기들에게 걸맞는 왕을 갖게 되고, 농부의 딸은 억울하게 죽고, 때로는 마녀도 구원을 받지. 사실 그럴 때가 꽤 많아. 알면 놀랄 거다.

몬스터가 말했다.

코너는 다시 자기 방 창문을 흘긋 보며 자기 침대에서 자고 있는 외할머니를 생각했다.

"그래서 그게 어떻게 나를 외할머니한테서 구한다는 거야?"

몬스터는 몸을 죽 일으켜 세워, 높은 곳에서 코너를 내려다보며 말했다.

너를 네 외할머니한테서 구한다는 게 아니다.

몬스터가 말했다.

코너는 소파에서 벌떡 일어나 앉았다. 이번에도 숨을 헐떡이고 있었다.

12:07. 시계가 빛나고 있었다.

"빌어먹을! 꿈이야 아니야?"

코너가 말했다.

코너는 화를 내며 일어났다.

그러다가 무언가에 발을 쿵 찧었다.

"이건 또 뭐야?"

코너는 꿍얼거리며 몸을 숙여 등을 켰다.

마룻바닥의 옹이에서 싱싱하고 튼실해 보이는 어린 가지가 30센티미터 높이로 돋아 있었다.

코너는 한동안 어린 가지를 보고 있었다. 그러고는 부엌에서 칼을 가져와서 마룻바닥에서 파냈다.

말 없는 약속

"용서할게."

이튿날 학교 가는 길에 릴리가 코너를 따라잡더니 말했다.

"뭘?"

코너가 보지 않고 말했다. 코너는 어젯밤 몬스터가 한 이야기 때문에 아직도 속이 뒤틀렸다. 속임수나 쓰면서 배배 꼬아 놓은 이야기는 아무 도움이 안 됐다. 마룻바닥에 돋은 어린 가지는 믿어지지 않을 정도로 단단해서 잘라 내는 데 30분은 걸렸다. 겨우 잠이 든 것 같았는데 일어날 시간이었다. 그것도 외할머니가 늦었다고 소리를 지르는 바람에 일어날 때가 되었다는 걸 알았다. 외할머니는 엄마한테 작별 인사도 못하게 했다. 엄마가 힘든 밤을 보내 쉬어야 한다고 했다. 그 말을 들으니 죄책감이 들었다. 엄마가 밤에 힘들어할 때 외할머니가 아니라 자기가 곁에서 도와줬어야 했는데……. 외할머니는 코너한테 이 닦을 시간도 제대로 안 주고 사과 한 알을 들려서 문밖으로 쫓아냈다.

"바보야, 나를 곤란하게 만든 걸 용서한다고."

릴리가 핀잔을 주듯 말했지만 말투는 부드러웠다.

"네 스스로 만든 일이야. 설리를 민 건 너라고."

코너가 말했다.

"거짓말한 것 용서해 줄게."

릴리가 말했다. 릴리의 푸들 같은 곱슬머리는 고무줄로 공들여 묶여 있었다.

코너는 계속 걷기만 했다.

"미안하다고 안 할 거야?"

릴리가 물었다.

"응."

코너가 말했다.

"왜?"

"안 미안하니까."

"코너!"

"미안하지 않아. 그리고 널 용서 안 해."

코너가 걸음을 멈추고 말했다.

둘은 서늘한 아침 햇살 속에서 서로를 노려보았다. 서로 먼저 눈을 돌리지 않겠다는 듯 노려보았다.

"우리 엄마가 널 봐줘야 한다고 했어. 네가 힘드니까."

마침내 릴리가 입을 열었다.

한순간 해가 구름 뒤로 들어가는 것 같았다. 한순간 코너에게는 느닷없이 몰려오는 먹구름 말고는 아무것도 보이지 않았다. 뇌성벽력이 하늘에서, 코너 몸 안에서, 코너 주먹에서 폭발할 것 같았다. 한순간 코너는 공기를 꽉 붙든 뒤, 릴리 둘레에 회오리바람을 일으켜 릴리를 둘로 찢을…….

"코너?"

릴리가 놀란 듯 불렀다.

"너네 엄마는 아무것도 몰라. 너도 마찬가지야."

코너가 말했다.

코너는 릴리를 남겨 두고 휙 걸어가 버렸다.

코너가 말해도 된다고 하지 않았는데, 릴리가 코너 엄마에 대해 몇몇 친구들한테 말한 게 일 년쯤 전이었다. 이 친구들이 다른 친구들 몇몇한테 말하고, 또 다른 친구들한테 말하고, 그래서 그날이 다 지나가기도 전에 코너 주위에 원이 생겼다. 코너를 중심으로 한 죽음의 땅, 아무도 감히 다가오지 못하게 지뢰로 둘러싸인 지역이 생긴 것 같았다. 코너가 친구라고 생각했던 아이들이 코너가 다가가면 갑자기 하던 말을 멈췄다. 릴리 말고는 친구라고 할 수 있는 아이가 많지 않았지만, 어쨌든 간에. 코너가 복도나 식당에서 걸어갈 때면 친구들이 수군거리는 소리가 들렸다. 코너가 수업 시간에 손을 들면 선생님들도 뭔가 다른 눈빛으로 바라봤다.

결국 코너는 친구들에게 가까이 다가가지도 않았고, 수군거리는 소리를 들어도 바라보지 않았고, 수업 시간에 손도 들지 않았다.

그래도 아무도 알아차리지 못했다. 갑자기 코너가 투명 인간이 된 것 같았다.

이렇게 학교생활이 힘든 적은 없었고, 이번 여름 방학처럼 방학이 반가웠던 적도 없었다. 엄마의 치료가 본격적으로 시작됐다. 엄마는 치료가 힘들긴 하지만 효과가 있고, 긴 치료가 끝나 가고 있다고 되풀이해서 말했다. 그때 생각에는 엄마 치료가 끝나면 새 학년이 시작될 거고, 그러면 이 일은 모두 잊고 새 출발할 수 있을 것 같았다.

그런데 생각처럼 되지 않았다. 엄마 치료는 처음 생각보다 훨씬 오래 계속되었다. 2차 치료, 그리고 지금 3차 치료까지. 새 학년 선생님들을 대하기는 더 힘들었다. 새 선생님들은 코너의 예전 모습은 모르고 엄마에 관한 것만 알고 있었다. 다른 아이들은 여전히 코너 엄마가 아픈 게 아니라 코너가 아픈 것처럼 대했다. 해리와 일당들이 코너를 찍은 뒤로는 더욱 심해졌다.

게다가 이제는 외할머니까지 집에 오고, 나무에 관한 꿈까지 꾸고 있으니…….

어쩌면 꿈이 아닌지도 모르겠다. 그렇다면 더욱 심각한 일이었다.

코너는 씩씩거리며 학교로 걸어갔다. 이 일은 전부 릴리 잘못이라고 생각했다. 그렇지 않은가?

코너는 릴리 탓이라고 생각했다. 아니면 달리 탓할 사람이 없었다.

이번에는 해리 주먹이 코너 배에 꽂혔다.

코너가 쓰러지면서 콘크리트 계단에 무릎을 찧는 바람에 교복 바지에 구멍이 났다. 구멍이 가장 큰일이었다. 코너는 바느질에 젬병이었다.

"코너, 너 정말 등신이구나. 날마다 넘어지니 말이야."

설리가 뒤쪽 어딘가에서 웃으며 말했다.

"의사한테 가 보는 게 좋겠다."

앤톤이 말하는 소리도 들렸다.

"취했나 봐."

설리가 말했고 웃음이 또 터져 나왔지만 어딘가 빈 공간이 있었다. 코너는 해리가 웃지 않고 있다는 걸 알았다. 돌아보지 않아도, 코너가 어떻게 하는지 그저 지켜보며 기다리고 있다는 걸 알았다.

코너는 몸을 일으키다가 학교 벽 쪽에서 릴리를 보았다. 릴리는 쉬는 시간이 끝날 무렵이라 다른 여자아이들과 같이 안으로 들어가는 참이었다. 릴리는 다른 여자아이들과 이야기를 나누지 않고, 코너를 보면서 걸어갔다.

"오늘은 슈퍼 푸들도 안 도와주네."

설리가 웃으며 말했다.

"설리, 너한테는 다행이지."

해리가 처음으로 입을 열었다. 코너는 여전히 몸을 돌려 그 애들을 보지 않았지만 해리가 설리의 농담에 웃지 않았다는 걸 알 수 있었다. 코너는 릴리가 사라질 때까지 보고 있었다.

"야, 우리가 말을 걸 땐 우릴 봐."

해리의 말에 골이 난 설리가 코너 어깨를 잡고 몸을 돌렸다.

"걔는 건들지 마."

해리 목소리가 낮고 침착하면서도 어찌나 싸늘하던지 설리는 얼른 한 발 물러섰다.

"코너와 나 사이에는 어떤 말 없는 약속이 있지. 코너는 나만 건드리는 거야. 그렇지?"

해리가 말했다.

코너는 잠시 기다렸다가 천천히 고개를 끄덕였다. 정말 그런 말 없는 약속이 있는 것 같았다.

해리는 여전히 표정 없는 얼굴로 코너 눈을 똑바로 바라보면서 불쑥 다가섰다. 코너는 움찔하지 않았고, 둘은 서로 노려보며 서 있었다. 앤톤과 설리는 불안한 얼굴로 서로 마주 보았다.

해리는 뭔가 의문이 있다는 듯, 뭔가를 알고 싶다는 듯 살짝 고개를 갸웃했다. 코너는 여전히 꿈쩍하지 않았다. 나머지 아이들은 모두 안으로 들어갔다. 코너는 주위에 정적이 자라나는 걸 느꼈다. 심지어 앤톤과 설리도 조용했다. 곧 교실로 들어가야 했다. 이제 가야 할 시간이었다.

그러나 아무도 움직이지 않았다.

해리는 코너 얼굴에 날리려는 듯 주먹을 뒤로 했다.

코너는 여전히 움찔하지 않았다. 꿈쩍도 하지 않았다. 해리 눈을 똑바로 바라보며 주먹이 날아오길 기다리고 있었다.

그런데 주먹이 날아오지 않았다.

해리는 코너에게서 눈을 떼지 않으며 손을 천천히 옆으로 내렸다.

"그래, 그럴 줄 알았어."

마침내 해리가 무언가를 알아냈다는 듯이 조용히 말했다.

그때 또다시 무서운 목소리가 들렸다.

"너희들! 쉬는 시간 끝난 지 3분이나 지났어! 여기서 뭐 하고 있어?"

콴 선생님이 다리 달린 공포처럼 운동장을 가로질러 오며 외쳤다.

"선생님, 죄송합니다. 코너하고 말 선생님이 내주신 생활 글 쓰는 숙제 이야기하다가 시간을 깜박했어요."

해리가 갑자기 가벼운 목소리로 말했다. 해리는 코너가 죽마고우라도 되는 듯 어깨를 툭 쳤다.

"이야기에 대해 코너보다 더 잘 아는 사람은 없거든요. 그리고 대화를 하다 보면 코너가 자기 생각에서 빠져나오게 하는 데도 도움이 되고요."

해리는 진지한 얼굴로 콴 선생님한테 설명했다.

"그래, 그럴듯하구나. 너희들 모두 1차 경고다. 오늘 한 번만 더 말썽을 일으키면 모두 방과 후에 남아 있게 할 거야."

콴 선생님이 얼굴을 찡그렸다.

"네, 선생님."

해리가 밝게 대답했고 앤톤과 설리도 같은 말을 웅얼거렸다. 셋은 교실로 터덜터덜 걸어갔고 코너는 일 미터쯤 떨어져서 따라갔다.

"코너, 잠깐만."

콴 선생님이 불렀다.

코너는 멈춰서 몸을 돌렸지만 선생님 얼굴은 바라보지 않았다.

"너랑 쟤네들 사이에 아무 문제없는 거 확실하니?"

콴 선생님이 목소리를 친절 모드로 바꾸어 말했다. 소리를 꽥꽥 지를 때보다 아주 조금 덜 무서울 뿐이었지만…….

"네, 선생님."

코너가 여전히 눈을 마주치지 않고 말했다.

"해리가 무슨 짓을 하는지 안다. 아무리 카리스마 있고 성적이 일등이라도 다른 아이들을 괴롭히는 녀석인 건 사실이지."

콴 선생님이 말했다.

콴 선생님은 화난 듯 한숨을 내쉬었다.

"저 녀석은 언젠가 우리나라 총리가 되고 말 거야. 하느님 우리를 구하소서."

코너는 아무 말도 하지 않았다. 그렇지만 침묵에 이상한 기운이 감돌았다. 코너는 콴 선생님이 어깨를 떨어뜨리고 몸을 앞으로 숙여 고개를 가까이 가져다 대면서 만들어 내는 이 분위기에 익숙했다.

코너는 무슨 일이 일어날지 알았다. 알았기 때문에 싫었다.

"네가 어떻게 지내고 있을지 나로서는 상상하기도 힘들구나. 만약 이야기할 사람이 필요하면 언제든지 찾아와라."

콴 선생님이 거의 속삭이듯 작은 목소리로 말했다.

코너는 선생님의 걱정스러운 얼굴을 볼 수도 없었고, 선생님 목소리에 담긴 걱정의 기색을 도저히 견딜 수도 없었다.

코너에게는 그럴 자격이 없기 때문이었다.

머릿속에 악몽이 떠올랐다. 비명과 공포, 마지막에 일어난 일…….
"괜찮아요. 아무렇지도 않아요."
코너가 발끝을 내려다보며 웅얼거렸다.
잠시 뒤, 콴 선생님이 다시 한숨을 내쉬는 소리가 들렸다.
"그래, 알았다. 1차 경고는 신경 쓰지 말고 들어가라."
콴 선생님이 말했다. 선생님은 코너 어깨를 두드리고 운동장을 가로질러 돌아갔다.
한순간 코너는 완전히 혼자였다.
그때 코너는 자기가 그 자리에 하루 종일 서 있더라도 아무도 야단치지 않으리라는 걸 알았다.
그 생각을 하니 기분이 더 좋지 않았다.

대화

학교에서 돌아와 보니 외할머니가 소파에 앉아 기다리고 있었다.
"이야기 좀 해야겠다."
코너가 현관문을 닫기도 전에 외할머니가 말했다. 외할머니 표정을 보고 코너는 멈칫했다. 가슴이 덜컹 내려앉게 만드는 표정이었다.
"무슨 일 있어요?"
코너가 물었다.
외할머니는 코로 숨을 큰 소리로 길게 내쉬고는 마음을 다잡는 듯 거실 창밖을 내다보았다. 외할머니는 맹금처럼 보였다. 양 한 마리를 잡아채 갈 수 있는 매.
"네 엄마가 다시 입원해야 한다. 며칠 동안 우리 집에 가 있자. 가방 싸라."
외할머니가 말했다.
코너는 꿈쩍하지 않았다.
"엄마한테 무슨 일 있어요?"
이런 어리석은 질문을 할 수 있다는 게 믿기지 않는다는 듯이 외할머니는 잠시 눈을 크게 떴다. 그러더니 마음을 누그러뜨리고 입을 열었다.

"통증이 심하다. 지나치게 심해."

외할머니가 말했다.

"통증을 없애 주는 약이 있잖……."

코너가 입을 열려고 했지만 외할머니는 손바닥을 딱 마주쳤다. 단 한 번이었지만 코너가 바로 입을 다물게 만들 만큼 큰 소리가 났다.

"코너, 효과가 없다. 효과가 없어."

외할머니는 건조한 목소리로 말했다. 외할머니는 코너가 아니라 코너 머리 뒤 다른 곳을 보고 있는 것 같았다.

"왜 효과가 없어요?"

외할머니는 손뼉을 가볍게 몇 차례 더 쳤다. 무슨 테스트라도 하는 것처럼 손뼉을 치더니 입을 꽉 다문 채로 다시 창밖을 내다봤다. 마침내 외할머니는 자리에서 일어나 치마 주름을 폈다.

"네 엄마가 이 층에 있다. 너랑 이야기하고 싶어 해."

"하지만……."

"네 아비가 일요일에 비행기로 도착한다."

코너가 몸을 폈다.

"아빠가 온다고요?"

"전화를 좀 해야겠다."

외할머니는 휴대 전화를 들고 코너를 지나쳐 현관문으로 나갔다.
"아빠가 왜 오는데요?"
코너가 외할머니 등 뒤에 대고 외쳤다.
"네 엄마가 기다린다."
외할머니는 현관문을 닫았다.
코너는 아직 책가방도 내려놓지 않은 상태였다.

아빠가 오고 있다. 미국에서 아빠가. 재작년 크리스마스 이후로는 오지 않았던 아빠가. 늘 마지막 순간에 새 아내한테 무슨 일이 생겨 자주 오지 못하던 아빠가. 특히 아기가 태어난 뒤로는 방문이 뜸해지고 전화 횟수도 점점 줄면서 곁에 없는 것에 익숙해진 아빠가.
아빠가 온다.
왜?
"코너?"
코너를 부르는 엄마 목소리가 들렸다.
엄마는 엄마 방에 없었다. 엄마는 코너의 방 침대 이불 위에 누워 창문으로 언덕 위에 있는 교회 묘지를 내다보고 있었다.
주목을.
그냥 나무였다.
"아들, 왔니?"

엄마는 누운 채로 웃음을 지었지만 코너는 눈가의 주름을 보고 엄마가 정말 힘들다는 걸 알 수 있었다. 코너가 알기로 가장 심하게 아팠을 때만큼. 엄마는 그때도 병원에 입원해야 했고 거의 보름 동안 집에 오지 못했다. 그게 지난 부활절 무렵이었는데, 외할머니 집에서 보낸 시간이 코너와 외할머니 둘 다에게 죽을 맛이었다.

"왜 그래요? 왜 또 입원해야 해요?"

코너가 물었다.

엄마는 옆 이불을 두드려 코너에게 다가와서 앉으라는 손짓을 했다.

코너는 선 채로 물었다.

"뭐가 문제예요?"

엄마는 다시 한 번 힘겨운 웃음을 지었다. 엄마는 이불에 수놓은 그림을 손가락으로 쓸었다. 코너한테는 이미 한참 전에 유치해진 곰 그림이었다. 엄마는 붉은 장미 스카프를 머리에 썼지만 느슨하게 묶어서 창백한 머리가 훤히 보였다. 엄마는 외할머니의 낡은 가발은 써보는 척도 안 했을 것 같았다.

"괜찮아질 거야, 정말."

엄마가 말했다.

"정말이오?"

코너가 물었다.

"전에도 그런 적 있었잖니. 그러니까 걱정 마. 전에도 몸이 안 좋아서 입원했다가 병원에서 괜찮아졌어. 이번에도 그럴 거야. 이리 와서 늙고 지친 엄마 옆에 앉지 않을래?"

엄마는 다시 이불을 두드렸다.

코너는 침을 삼켰지만 엄마의 웃음은 밝고 꾸밈이 없는 진짜였다. 코너는 다가가서 창문을 보며 침대 가장자리에 앉았다. 엄마는 손으로 코너 머리를 쓰다듬고 눈가에 붙은 머리카락을 떼 주었다. 뼈와 가죽만 남은 것 같은 가느다란 엄마 팔이 보였다.

"아빠가 왜 와요?"

코너가 물었다.

엄마는 손길을 멈추더니, 손을 다시 자기 무릎에 올려놓았다.

"아빠 본 지 오래되었지. 신 나지 않니?"

"외할머니는 즐거워 보이지 않던데요."

엄마가 코웃음을 쳤다.

"외할머니가 네 아빠에 대해 어떻게 생각하는지 알잖니. 신경 쓰지 마. 아빠 와 있는 동안 재미있게 지내."

둘은 잠시 말없이 앉아 있었다.

"뭔가 다른 일이 있죠? 아니에요?"

코너가 마침내 입을 열었다.

엄마가 베개에 기댄 몸을 조금 일으켜 세우는 게 느껴졌다.

"엄마 좀 봐."

엄마가 부드럽게 말했다.

코너는 고개를 돌려 엄마 얼굴을 보았다. 그러지 않을 수만 있다면 수백만 파운드라도 기꺼이 낼 수 있을 것 같았다.

"이번 치료가 생각한 것만큼 효과가 없었어. 그래서 치료 방법을 바꾸어야 해. 다른 방법을 써 볼 거야."

엄마가 말했다.

"그게 전부예요?"

코너가 물었다.

엄마가 고개를 끄덕였다.

"그래. 아주 여러 가지 방법이 있어. 그렇게들 하는 거니까, 걱정 마."

"정말이에요?"

"그럼."

"왜냐하면……."

코너는 잠시 말을 멈추고 바닥을 내려다보았다.

"왜냐하면, 저한테는 얘기하셔도 되니까요."

그때 엄마 팔이 코너를 안는 게 느껴졌다. 가늘고 가는 팔. 전에는 안기면 포근하게 여겨지던 팔. 엄마는 아무 말도 안 하고 그냥 안기만 했다. 코너는 창밖을 돌아보았고 잠시 뒤 엄마도 창 쪽으로 눈을 돌렸다.

"저게 주목이야, 알지?"

엄마가 마침내 입을 열었다.

코너는 장난스럽게 눈을 굴렸다.

"네, 알아요. 백 번도 넘게 말했잖아요."

"내가 없는 동안 나무를 잘 지키고 있어, 알았지? 내가 돌아왔을 때도 그 자리에 있게 지켜 줄 거지?"

엄마가 말했다.

엄마가 반드시 돌아오겠다는 뜻으로 하는 말이라는 걸 알았기 때문에 코너는 그저 고개만 끄덕였고 둘은 같이 나무를 바라보았다.

아무리 오래 보고 있어도, 나무는 그냥 나무였다.

외할머니 집

    닷새가 지났다. 몬스터는 닷새 동안 오지 않았다.
    외할머니 집을 모를 수도 있었다. 아니면 너무 멀어서 오지 못하거나. 외할머니 집은 코너와 엄마가 사는 집보다 훨씬 컸지만 마당이랄 것도 없었다. 뒷마당에는 헛간과 인공 연못과 외할머니가 마당 절반을 뚝 떼어 세운 목조 사무실이 들어차 있었다. 외할머니는 이 사무실에서 부동산 중개 일을 하는데, 어찌나 지루한 일인지 코너는 외할머니가 자기 일을 설명하는 말을 한 문장 이상 귀 기울여 들어 본 적이 없었다. 나머지는 벽돌 길과 화분에 심은 꽃뿐이었다. 나무가 서 있을 자리가 없었다. 잔디조차 없었다.
    "얼빠진 사람처럼 서 있지 마라."
    외할머니가 뒷문에서 내다보고는 귀고리를 귀에 걸며 말했다.
    "네 아비가 곧 올 거고, 난 네 엄마를 보러 갈 거야."
    "얼빠지지 않았어요."
    코너가 말했다.
    "어쨌거나. 어서 들어와라."

외할머니는 집 안으로 사라졌고 코너는 터덜터덜 뒤따라 들어갔다. 아빠가 비행기를 타고 오기로 한 날이었다. 아빠는 외할머니 집으로 와서 코너를 태우고 엄마를 보러 간 뒤, 코너와 '부자간의 시간'을 갖기로 했다. 코너는 '부자간의 시간'이라는 말을 '이야기 좀 하자'라는 뜻의 암호문이라고 생각했다.

외할머니는 아빠가 오기 전에 집에서 나갈 것이다. 그러는 게 서로 편하니까.

"현관 앞에 있는 책가방 좀 치워라. 네 아비가 내가 널 돼지우리에 살게 한다고 생각해서 좋을 건 없지."

외할머니가 핸드백을 들고 옆으로 지나가며 말했다.

"그럴 리가 있겠어요."

코너가 웅얼거렸고 외할머니는 입술 화장이 잘 되었나 보러 현관 거울 앞으로 갔다.

외할머니 집은 엄마 병실보다도 더 깨끗했다. 도우미 아주머니인 마르타가 수요일마다 오지만 굳이 올 필요가 있나 싶었다. 외할머니는 아침에 일어나자마자 진공청소기를 돌리고, 일주일에 네 번 빨래를 하고, 심지어 한밤중에 잠자리에 들기 전에 화장실 청소를 하기도 했다. 저녁 먹은 접시를 싱크대에 그냥 담가 두는 일은 절대 없었고 바로 식기세척기에 넣고 돌렸다. 한번은 코너가 밥을 다 먹기도 전에 외할머니가 접시를 치워 버린 적도 있다.

"내 나이의 여자가 혼자 살면서, 스스로 매사에 철저하지 않으면 누가 해 주겠니?"

외할머니는 마치 도전하듯 적어도 하루에 한 번은 이런 말을 했다. 코너한테 대꾸할 수 있으면 해 보라는 기세였다.

외할머니는 코너 학교까지 차로 데려다 주었다. 차로 45분 거리인데 하루도 빠짐없이 학교에 일찍 도착했다. 또 날마다 코너가 학교 마칠 시간이 되면 와서 기다리고 있다가 바로 병원에 있는 엄마한테 데려갔다. 코너와 외할머니는 한 시간 정도 병원에 있었는데 엄마가 너무 피곤해서 이야기하기 힘들어하면 좀 더 일찍 나왔다. 지난 닷새 동안 두 번은 일찍 나와야 했다. 그리고 집으로 돌아오면 외할머니는 코너에게 숙제를 하라고 시키고 그동안 안 먹은 배달 음식 가운데 아무거나 주문했다.

마치 코너와 엄마가 어느 해 여름 콘월에 있는 민박에 묵었을 때와 비슷했다. 좀 더 깨끗하고, 좀 더 권위적이라는 점만 빼고.

"자, 코너."

외할머니가 정장 재킷을 걸치며 말했다. 일요일이어서 오늘은 외할머니가 집 보여 주는 약속도 없었는데 고작 엄마 병원에 가기 위해 왜 그렇게 차려 입었는지 알 수 없었다. 아마도 아빠를 불편하게 만들려고 그러는 게 아닐까 싶었다.

"네 아비는 네 엄마가 얼마나 피곤해하는지 잘 모를 거야. 그러니까 너와 내가 같이 신경 써서 네 아비가 지나치게 오래 머무르지 않도록 해야겠다. 한 번도 그런 걱정을 할 필요가 없긴 했지만……."

외할머니는 다시 거울을 들여다보고는 목소리를 낮췄다.

외할머니는 몸을 돌리며 인사로 손을 쫙 펴 보이고는 말했다.

"말썽 부리지 마라."

문이 쾅 닫혔다. 코너는 외할머니 집에 혼자 있었다.

코너는 자기가 머물고 있는 손님방으로 갔다. 외할머니는 계속 손님방을 코너 방이라고 불렀지만 코너는 고집스레 손님방이라고 불렀다. 그러면 외할머니는 늘 고개를 저으며 뭐라고 중얼거렸다.

하지만 달리 뭐라 부르겠는가? 전혀 자기 방처럼 보이지 않았다. 남자아이 방처럼 보이지 않는 것은 말할 것도 없고 누군가 지내는 방 같지도 않았다. 하얀 벽에는 아무것도 없고 돛단배 그림 액자만 세 개 걸려 있었다. 외할머니가 그런 걸 남자아이들이 좋아할 만한 물건이라고 생각하는 것 같았다. 침대 덮개와 이불도 눈부실 정도로 하얀색이었고 가구라고는 안에 들어가 밥도 먹을 수 있을 만큼 커다란 떡갈나무 장식장 하나밖에 없었다.

어느 집에나 어느 행성에나 세상 어디에나 있을 법한 방이었다. 코

너는 방 안에 있는 것도 별로 좋아하지 않았다. 외할머니를 피하고 싶을 때조차도 방에 있지 않았다. 지금은 책 한 권을 꺼내러 들어왔을 뿐이다. 외할머니가 자기 집에 게임기를 가지고 오는 걸 금지했기 때문이다. 코너는 가방에서 책을 한 권 꺼내 방에서 나가면서 창문으로 뒷마당을 내다보았다.

　여전히 벽돌 길과 헛간과 사무실뿐이었다.
　아무것도 코너를 바라보고 있지 않았다.

　외할머니 집 거실은 실제로는 아무도 거실처럼 쓰지 못하는 그런 방이었다. 외할머니는 소파 덮개를 더럽힐지도 모른다고 코너를 거실에 들어가지 못하게 했다. 하지만 코너는 혼자 아빠를 기다리는 동안 책을 읽을 장소로 당연히 거실을 골랐다.
　코너는 외할머니 소파에 털썩 앉았다. 소파의 굽은 나무 다리는 어찌나 가느다란지 소파가 하이힐을 신은 것 같았다. 반대편에는 앞쪽이 유리로 된 찬장이 있고 그 안에는 스탠드에 세워 놓은 접시와 입을 댔다가는 입술을 벨 듯한 소용돌이무늬 찻잔이 가득했다. 벽난로 위에는 외할머니가 아끼는 벽시계가 있었는데 외할머니 말고는 아무도 손댈 수 없는 물건이었다. 외할머니가 증조할머니한테 물려받은 시계로 외할머니는 오래전부터 그걸 '진품 명품'에 가지고 나가 가치를 매겨 보겠다고 말하곤 했다. 아래에 달린 추가 여전히 멀쩡히 움직였고 15분에 한 번씩 종을 울렸다. 종소리가 어찌나 크던지 방심하고 있다가는 깜짝 놀라기 일쑤였다.

방 전체가 과거에 사람들이 어떻게 살았는지를 보여 주는 박물관 같았다. 텔레비전조차 없었다. 부엌에 텔레비전이 한 대 있긴 했지만 한 번도 켜진 걸 본 적이 없었다.

코너는 책을 읽었다. 달리 무슨 할 일이 있겠는가?

코너는 아빠가 미국에서 비행기를 타기 전에 통화를 하고 싶었지만, 엄마 병원에 다녀와야 했고 시차도 있었고 아빠 아내가 때맞춰 편두통을 겪는 바람에 아빠가 도착할 때까지 기다리는 수밖에 없었다.

그게 언제일지 몰랐다. 코너는 괘종시계를 봤다. 12시 42분이었다. 3분 뒤에 종이 울릴 거다.

텅 비고 조용한 3분이었다.

코너는 자기가 긴장하고 있다는 걸 깨달았다. 아빠와 인터넷 전화로 통화하는 것 말고 직접 보는 건 오랜만이었다. 모습이 달라졌을까? 코너 자신도 달라져 보일까?

그리고 또 다른 질문도 떠올랐다. 왜 하필 지금 오는 걸까?

엄마가 별로 좋아 보이지 않았다. 병원에서 닷새를 보냈는데 더 안 좋아 보였다. 그렇지만 엄마는 지금 받는 새 약물치료에 여전히 기대를 걸고 있었다. 크리스마스가 되려면 몇 달 남았고 코너 생일은 벌써 한참 지났는데……. 왜 지금 오는 걸까?

코너는 마룻바닥을 내려다보았다. 마루 가운데에는 아주 값비싸고 낡아 보이는 타원형 양탄자가 있었다. 코너는 손을 뻗어 양탄자 가장자리를 들어 반들거리는 마룻널을 보았다. 그 가운데 하나에 옹이가 있었다. 코너는 손가락으로 옹이를 쓸어 보았지만 아주 오래되고 매끄러운 마룻널이라 옹이가 손으로 만져지지 않았다.

"거기 있어?"

코너가 속삭였다.

초인종 소리가 울려 코너는 소스라치게 놀랐다. 코너는 거실에서 달려 나갔는데 생각지도 않게 가슴이 들떠 두근거렸다. 현관문을 열었다.

아빠가 있었다. 완전히 다른 모습이었지만 그래도 여전했다.

"여어, 아들."

아빠가 말했다.

아빠 말투는 미국 영향을 받아 이상하게 꼬부라졌다.

코너는 일 년 만에 처음으로 함박웃음을 지었다.

챔프

"챔프, 어떻게 지냈어?"
음식점에서 피자가 나오길 기다리다가 아빠가 물었다.
"챔프요?"
코너가 눈썹을 치켜뜨며 물었다.
"미안, 미국에서는 전혀 다른 말을 쓴단다."
아빠가 부끄러운 듯 웃으며 말했다.
"아빠랑 얘기할 때마다 말투가 점점 이상해져요."
"어, 그래. 널 보니 좋구나."
아빠는 와인 잔을 만지작거렸다.
코너는 콜라 한 모금을 마셨다. 코너와 아빠가 병원에 갔을 때 엄마는 정말 상태가 안 좋았다. 외할머니가 엄마를 화장실에서 데리고 나오는 동안 기다려야 했고, 나와서도 엄마는 얼마나 기진맥진한 상태였는지 한두 마디만 겨우 했을 뿐이다. 코너에게는 "안녕, 아가." 아빠에게는 "안녕, 리엄." 하고는 잠이 들어 버렸다. 외할머니는 잠시 뒤 두 사람을 밖으로 내몰았다. 얼굴 표정이 어찌나 준엄한지 아빠는 한마디도 저항하지 못했다.

"네 엄마는, 어……, 투사다. 그렇지 않니?"

아빠는 눈을 가늘게 뜨고 눈길을 돌리며 말했다.

코너는 어깨를 으쓱했다.

"그래, 넌 어떻게 지내고 있니?"

"아빠, 여기 오신 뒤로 그 질문을 팔백 번 정도 했어요."

코너가 말했다.

"미안."

아빠가 말했다.

"잘 지내요. 엄마한테 새 치료제를 쓴대요. 그러면 나아질 거예요. 안 좋아 보이긴 하지만 전에도 그랬어요. 왜 다들 그렇게……."

코너가 말했다.

코너는 말을 멈추고 콜라를 한 모금 더 마셨다.

"네 말이 맞다. 네 말이 맞아."

아빠가 말했다.

아빠는 탁자 위의 와인 잔을 천천히 한 바퀴 돌렸다.

"그렇지만 엄마를 위해서 네가 씩씩해져야 할 거다. 정말, 정말로 씩씩해져야 해."

아빠가 말했다.

"아빠 말투가 미국 텔레비전 프로그램 같아요."

아빠는 작은 소리로 웃었다.

"네 여동생도 잘 지낸다. 이제 걸음마를 시작했어."

"이복동생이죠."

코너가 말했다.

"빨리 그 애를 만나 보면 좋을 텐데. 곧 여행 계획을 세우자. 이번 크리스마스도 괜찮겠다. 어떠니?"

아빠가 말했다.

코너는 아빠 눈을 바라봤다.

"엄마는 어쩌고요?"

"네 외할머니랑 이야기했다. 외할머니는 네가 새 학기에 맞춰 돌아오기만 한다면 반대하지 않으시는 것 같았어."

코너는 탁자 가장자리를 손으로 쓸었다.

"그럼 그냥 여행인 거예요?"

"무슨 뜻이냐?"

아빠가 놀란 듯이 말했다.

"그냥 여행이냐는 말은……."

아빠가 말꼬리를 흐렸지만 코너는 아빠가 말뜻을 알고 있다는 걸 눈치챘다.

"코너!"

코너는 아빠가 말을 끝맺지 않기를 바랐다.

"나무가 절 찾아와요. 밤에 집으로 찾아와서 이야기를 들려줘요."

코너가 얼른 말하며 콜라 병의 종이 라벨을 벗겨 내기 시작했다.

"뭐라고?"

아빠는 당황해하며 눈을 깜박였다.

"처음에는 꿈인 줄 알았어요. 그런데 일어나 보면 나뭇잎이 있고 마룻바닥에서 조그만 나무가 자라 있어요. 아무도 모르게 하느라 계속 숨겼어요."

코너가 엄지손톱으로 라벨을 긁어내며 말했다.

"코너!"

"외할머니 집으로는 아직 찾아오지 않았어요. 너무 멀리 있어서 그런 건가."

"대체 무슨……?"

"하지만 그게 꿈이든 아니든 무슨 상관이에요? 꿈이 거리를 돌아다니지 못할 이유가 있어요? 땅처럼 오래되었고, 세상만큼 크다면요."

"코너, 그런 얘기 그만……."

"외할머니랑 같이 살기 싫어요."

코너가 말했다. 목소리가 갑자기 크고 굵게 나왔고 목이 메는 것 같았다. 코너는 콜라 병 종이 라벨에 시선을 단단히 고정하고 엄지손톱으로 젖은 종이를 벗겨 냈다.

"왜 아빠랑 같이 살면 안 돼요? 왜 미국으로 가면 안 돼요?"

아빠는 입술을 핥았다.

"네 말은 만약……."

"외할머니 집은 노인 집이에요."

코너가 말했다.

아빠가 짤막한 웃음을 터뜨렸다.

"외할머니를 노인이라고 했다고 외할머니한테 일러야겠다."

"아무것도 건드리면 안 되고 어디에도 앉으면 안 돼요. 단 2초도 지저분한 걸 벌려 놓으면 안 돼요. 인터넷은 외할머니 사무실에만 연결되어 있는데 난 거기 들어갈 수도 없어요."

코너가 말했다.

"외할머니하고 그런 것들에 대해 이야기할 수 있을 거야. 네가 외할머니 집에서 지내기 좋게, 더 편안하게 만들 수 있는 여지가 많을 거다."

"거기에서 편안해지고 싶지 않아요! 전 우리 집에 내 방을 갖고 싶어요."

코너가 목소리를 높였다.

"미국에서도 그러긴 힘들어. 우리 셋이 지내기도 비좁아. 네 외할머니는 우리보다 돈도 많고 집도 더 넓어. 게다가 넌 여기서 학교를 다니고, 네 친구들도 여기 있고, 네 삶이 다 여기에 있잖니. 널 그 모든 것에서 떼어 놓는다면 부당한 일이 될 거야."

아빠가 말했다.

"누구한테 부당한데요?"

코너가 물었다.

아빠가 한숨을 내쉬었다.

"내가 하고 싶었던 말이 그거였다. 네가 씩씩해져야 한다고 했을 때 하고 싶었던 말이……."

"그 말에 무슨 의미나 있다는 듯 다들 똑같은 소리를 해요."

코너가 말했다.

"미안하다. 정말 부당하게 느껴진다는 거 안다. 이렇게 되지 않았더라면 좋았을 텐데……."

아빠가 말했다.

"정말 그렇게 생각하세요?"

"그렇고말고. 하지만 이 방법이 최선이다. 너도 그렇게 생각하게 될 거야."

아빠가 탁자 위로 몸을 숙였다.

코너는 아빠와 눈을 마주치지 않으려 하면서 침을 삼켰다. 그리고 또다시 침을 삼켰다.

"엄마가 좀 나아지면 다시 이야기할 수 있어요?"

아빠는 천천히 의자에 몸을 기댔다.

"그렇고말고, 버디. 그렇게 하자."

코너는 다시 아빠를 바라보았다.

"버디요?"

아빠가 웃음을 지었다.

"미안."

아빠는 와인 잔을 들더니 잔이 빌 때까지 길게 죽 들이켰다. 짧게 숨을 내쉬며 잔을 내려놓더니 궁금한 듯한 눈빛을 보냈다.

"나무 이야기는 대체 뭐니?"

그때 종업원이 왔고 두 사람 앞에 피자를 내려놓는 동안 침묵이 흘렀다.

"미국식 피자. 이게 말을 할 수 있다면 아빠 말투처럼 들리겠네요."

코너가 자기 피자를 내려다보며 얼굴을 찡그렸다.

미국 사람들은 휴가가 많지 않아

"네 외할머니는 아직 집에 안 오신 것 같다."

코너 아빠가 외할머니 집 앞에 렌터카를 세우며 말했다.

"외할머니는 내가 자러 들어간 다음에 다시 병원에 가기도 해요. 간호사들이 병실 의자에서 잘 수 있게 해 줘요."

코너가 말했다.

아빠가 고개를 끄덕였다.

"외할머니가 날 싫어하시긴 하지만, 그렇다고 나쁜 분은 아니야."

코너는 차창 밖으로 외할머니 집을 보았다.

"언제까지 여기 계세요?"

코너가 물었다. 지금까지는 차마 꺼내지 못한 질문이었다.

아빠는 긴 한숨을 내쉬었다. 나쁜 소식이 이어질 것을 알리는 한숨이었다.

"안타깝지만 며칠밖에 못 있어."

코너가 아빠를 돌아보았다.

"고작이요?"

"미국 사람들은 휴가가 많지 않아."

"아빠는 미국 사람이 아니잖아요."

"하지만 지금은 미국에 사니까. 저녁 내내 내 말투 가지고 놀려 놓고 그러니."

아빠가 웃었다.

"그럼 왜 오셨어요? 왜 굳이 오셨냐고요?"

코너가 물었다.

아빠는 잠시 기다렸다가 대답했다.

"네 엄마가 와 달라고 해서 왔다."

그리고 뭔가 더 말할 것 같았는데, 아무 말도 하지 않았다.

코너도 말이 없었다.

"하지만 다시 올게. 그래야 할 때가 되면 말이야. 알지?"

아빠가 밝은 목소리로 덧붙였다.

"또 크리스마스에 미국으로 오렴! 아주 재밌을 거다."

"제가 있을 자리가 없는 좁은 집으로요."

코너가 말했다.

"코너!"

"그리고 개학할 때 돌아오고요."

"코너!"

"왜 오셨어요?"

코너가 낮은 목소리로 다시 물었다.

아빠는 대답하지 않았다. 차 안에 침묵의 틈이 벌어지기 시작해, 둘 사이에 깊은 골짜기가 생긴 것 같은 느낌이 들었다. 그때 아빠가 손을 코너 어깨에 올려놓았다. 하지만 코너는 손을 피하며 차에서 내리려고 문손잡이를 잡았다.

"코너, 기다려."

코너는 멈췄지만 돌아보지는 않았다.

"외할머니 올 때까지 안에 들어가 있을까? 같이 있어 줘?"

아빠가 물었다.

"혼자 있어도 괜찮아요."

코너는 이렇게 말하고 차 밖으로 나왔다.

집 안에 들어가니 조용했다. 당연한 일이었다.

코너는 혼자였다.

코너는 값비싼 소파에 털썩 앉았다. 소파에 앉는 순간 삐걱거리는 소리가 들렸다. 소리를 들으니 기분이 좋아져 코너는 일어났다가 다시 털썩 앉았다. 그러고는 다시 일어나 소파에서 쿵쿵 뛰었다. 나무 다리가 끼익거리며 마루 위에서 한 뼘 정도 움직였다. 마룻장 위에 긁힌 자국 네 개가 똑같은 모양으로 생겼다.

코너는 씩 웃었다. 기분이 좋았다.

코너는 소파에서 뛰어내려서 소파를 걷어차 멀리 밀었다. 자기가 숨을 헐떡이고 있다는 것도 몰랐다. 열이라도 나는 듯 머릿속이 뜨거웠다. 코너는 발을 들어 소파를 한 번 더 걷어찼다.

그때 고개를 들어 시계를 봤다.

벽난로 위에 걸린 외할머니의 값비싼 시계가 추를 양옆으로 흔들고 있었다. 코너한테는 전혀 신경 쓰지 않고 자기만의 삶을 살고 있는 것처럼 보였다.

코너는 주먹을 꽉 쥐고 천천히 시계 가까이로 갔다. 조금만 있으면 뎅뎅 울려 9시를 알릴 것이다. 코너는 긴 바늘이 돌아 12를 가리킬 때까지 거기 서 있었다. 종이 막 울리려는 순간 코너는 추를 잡아 가운데에서 붙들고 있었다.

시계가 뎅 소리를 제대로 내지 못해 득 소리만 공중에서 감돌았고 시계 기계 장치가 투덜거리는 소리가 들렸다. 코너는 다른 손으로 12에 서 있던 분침과 초침을 돌렸다. 시곗바늘들이 저항했지만 코너는 계속 손가락에 힘을 주었다. 크게 딱 하는 소리가 났지만 그래도 뭔가 속이 시원하지 않았다. 그러다 분침과 초침이 무언가에서 풀려난 것처럼 갑자기 자유롭게 움직이기 시작했다. 코너는 분침과 초침을 시침과 함께 돌리기 시작했다. 종소리가 계속 울리려다 말고 지그럭거렸다. 나무로 된 시계 안쪽 깊은 곳에서 고통스러운 듯 탁탁거리는 소리가 들렸다.

코너 이마에는 땀방울이 맺혔고 가슴은 불타는듯 얼얼했다.

악몽 속 상황과 비슷했다. 세상이 축에서 미끄러지는 부옇고 달뜬 느낌, 그렇지만 지금 이것은 코너 손으로 만들어 낸 것이었다. 지금은 코너 자신이 악몽이었다.

바늘 가운데 가장 가는 초침이 갑자기 부러져 시계에서 떨어져 나와 양탄자 위에 튕기더니 벽난로 재 속으로 사라졌다.

코너는 추를 놓고 얼른 뒤로 물러섰다. 추는 가운데로 축 늘어져 다시 움직이지 않았다. 시계가 돌아가면서 내던 윙 하는 소리와 똑딱거리는 소리도 더 이상 들리지 않았다. 시곗바늘은 제자리에 단단히 얼어붙은 듯했다.

이런.

시계를 망가뜨렸다.

아마 엄마의 고물 차보다도 더 비쌀 것이다.

외할머니가 죽일 거다. 어쩌면 정말로, 실제로 죽일지도 모른다.

그때 뭔가가 코너 눈에 들어왔다.

시침과 분침이 어떤 시각을 가리키고 있었다.

12:07

파괴치고는 아주 한심하군.

몬스터가 등 뒤에서 말했다.

코너가 홱 돌아보았다.

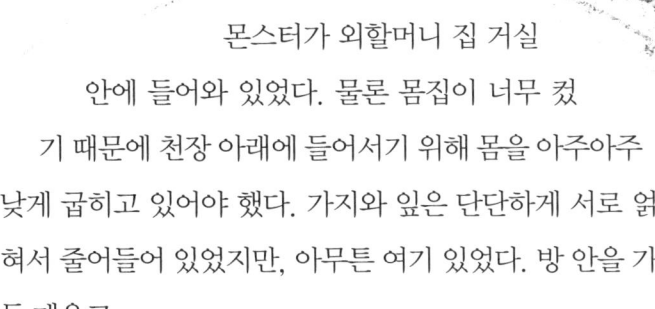

몬스터가 외할머니 집 거실 안에 들어와 있었다. 물론 몸집이 너무 컸기 때문에 천장 아래에 들어서기 위해 몸을 아주아주 낮게 굽히고 있어야 했다. 가지와 잎은 단단하게 서로 얽혀서 줄어들어 있었지만, 아무튼 여기 있었다. 방 안을 가득 메우고.

어린아이가 할 만한 파괴 행위지.

몬스터가 말했다. 몬스터의 숨결이 코너 머리카락을 흩날렸다.

"여기에서 뭐 하는 거야? 내가 자고 있는 거야? 이거 꿈이야? 네가 내 방 유리창을 깼을 때도 깨어나 보니……"

코너가 물었다. 갑자기 희망이 솟는 걸 느꼈다.

너한테 두 번째 이야기를 하러 왔다.

몬스터가 말했다.

코너는 화가 나 소리치며 망가진 시계를 돌아봤다.

"이번 얘기도 지난번 얘기처럼 거지 같은 거야?"

코너는 심란하게 대꾸했다.

제대로 된 파괴로 끝이 나지. 네가 원하는 게 파괴라면 말이야.

코너는 몬스터를 돌아보았다. 몬스터 얼굴이 일그러져 사악한 웃음으로 바뀌었다.

"이것도 속임수야? 이러저러하게 끝날 것 같다가 전혀 다르게 끝나는 거냐고?"

코너가 물었다.

아니. 자기 생각만 했던 남자의 이야기다. 아주아주 끔찍한 벌을 받지.

몬스터가 말했다. 몬스터는 다시 웃었는데 더더욱 사악하게 보였다.

코너는 잠시 숨을 색색 쉬며 서 있었다. 망가진 시계, 마룻널에 난 긁힌 자국, 깨끗한 외할머니의 거실 바닥에 몬스터가 툭툭 떨구고 있는 독이 든 열매를 둘러보았다.

코너는 아빠를 생각했다. 그러고는 입을 열었다.

"해 봐."

두 번째 이야기

150년 전 일이다.

몬스터가 입을 열었다.

이 지역에 산업이 발달했다. 땅 위에 공장이 잡초처럼 솟아났다. 나무들은 쓰러지고, 땅은 뒤엎어지고, 강물은 검어졌다. 하늘은 연기와 재로 뒤덮이고, 사람들은 종일 기침을 하고 몸을 긁어 대고, 늘 땅만 바라보며 살았다. 마을은 소읍이 되고, 소읍은 도시가 됐다. 사람들은 땅 안에서 산 게 아니라 땅 위에서 살았다.

그렇지만 찾을 줄만 안다면, 여전히 초목을 볼 수 있었다.

몬스터는 다시 손을 폈고 안개가 외할머니 거실에 퍼졌다.

안개가 걷히고 나자, 코너와 몬스터는 금속과 벽돌로 된 골짜기를 내려다보면서 푸른 풀밭 위에 서 있었다.

"꿈이구나."

코너가 말했다.

조용히 해라. 저기 온다.

몬스터가 말했다.

퉁한 얼굴에 깊고도 깊은 주름이 팬 남자가 두꺼운 검은색 옷을 입고 언덕을 걸어 올라와 코너 쪽으로 다가오는 게 보였다.

이 풀밭 가장자리에 한 남자가 살았다. 이름은 중요하지 않다. 아무도 이름을 부르지 않았으니까. 마을 사람들은 그 남자를 약제사라고만 불렀다.

"뭐라고?"

코너가 물었다.

약제사.

몬스터가 말했다.

"뭐라고?"

약제사는 약사라는 뜻으로 그때에도 구식 말이다.

"아, 진작 그렇게 말하지."

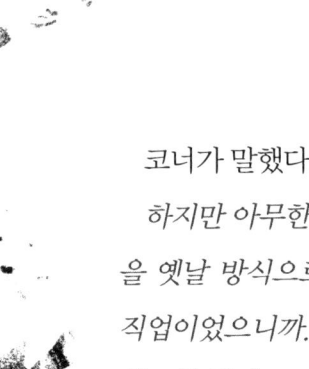

코너가 말했다.

하지만 아무한테나 붙일 수 있는 이름이 아니었다. 약제사는 약을 옛날 방식으로 만드는 사람으로, 아주 오랜 옛날부터 이어진 직업이었으니까. 약초와 나무껍질, 열매와 잎을 달여 만든 약물로 치료를 했다.

"아빠의 새 아내도 그런 거 해. 치료용 원석을 파는 가게를 하지."

남자가 뿌리를 캐는 모습을 보며 코너가 말했다.

그거랑 전혀 다른 거다.

몬스터가 얼굴을 찌푸렸다.

약제사는 많은 날을 걸어 돌아다니며 근처 숲에서 약초와 잎을 채집했다. 하지만 세월이 흐르면서, 걸어야 할 거리가 점점 길어졌지. 약제사가 잘 치료하곤 하던 발진이 번지듯이 공장과 길이 읍내에서 번져 나갔기 때문이다. 전에는 아침 차 마실 시간이 되기 전에 팍스포일과 벨라로사를 채집할 수 있었지만 이제는 하루 종일 돌아다녀야 했다.

세상은 변해 갔고, 약제사는 점점 까칠해졌다. 아니, 전보다 더 까칠해졌다고 해야 할지 모르겠군. 전에도 불친절한 사람이었으니까. 욕심이 많아 치료비를 지나치게 많이 청구했고 가난한 환자에게도 도저히 치를 수 없을 만큼 많은 돈을 내라고 했다. 그러면서도 마을 사람들이 자기를 싫어한다는 사실에 놀라곤 했지. 마땅히 자기를 존경해야 한다고 생각했으니까. 약제사가 불친절했으니 마을 사람들도 약제사에게 불친절하게 대했지. 그러다가 세월이 흐르면서 점점 많은 환자들이 새로운 방식을 쓰는 다른 치료사들한테 치료를 받게 되었다. 그랬으니 당연히 약제사는 점점 더 까칠해졌지.

안개가 주위를 다시 감쌌고 장면이 바뀌었다. 이제 코너와 몬스터는 작은 언덕 풀밭 위에 서 있었다. 언덕 한쪽에 목사관이 있고 갓 생긴 묘비 몇 개 가운데 커다란 주목이 있었다.

약제사가 사는 마을에는 목사도 살고 있었지.

"저건 우리 집 뒤에 있는 언덕이잖아."

코너가 끼어들었다. 코너는 주위를 둘러보았지만 아직은 기찻길도 늘어선 집들도 없었고, 흙길과 흙으로 덮인 강바닥만 보였다.

목사에게는 두 딸이 있었는데, 딸들은 목사에게 삶의 등불과도 같았다.

몬스터가 말을 이었다.

어린 여자아이 둘이 소리를 지르며 목사관에서 뛰쳐나왔다. 깔깔대고 웃으며 풀을 뜯어 서로에게 집어던졌다. 여자아이들은 주목 둘레를 돌면서 술래잡기를 했다.

"저건 너잖아."

코너가 나무를 가리켰다. 그때는 그냥 나무였다.

그래, 좋아. 목사관 마당에도 주목이 있었다. 아주 멋진 주목이었지.

몬스터가 말했다.

"자기 입으로 그런 말을 하다니."

코너가 말했다.

그런데 약제사가 그 주목을 간절히 원했다.

"나무를? 왜?"

코너가 물었다.

몬스터는 코너가 모른다는 것에 놀란 것처럼 보였다.

주목은 치료 효과가 있는 나무들 가운데 가장 중요한 나무이다. 수천 년 동안 살지. 열매, 나무껍질, 잎, 나뭇진, 펄프, 목재, 하나같이 생명으로 박동하고 타오르고 몸부림쳐. 제대로 된 약제사가 잘 섞어서 쓴다면 사람이 앓는 거의 모든 병을 치료할 수 있다.

"거짓말이지?"

코너가 이맛살을 찌푸렸다.

감히 나를 의심하느냐?

몬스터 얼굴이 험악하게 일그러졌다.

"아니, 전에 그런 이야기는 한 번도 들어 본 적이 없어서."

코너가 몬스터의 분노에 놀라 한 걸음 물러서며 말했다.

몬스터는 잠시 성난 듯 인상을 쓰더니 이야기를 이어 갔다.

그런 것들을 나무에서 구하려면 나무를 쓰러뜨려야 했다. 목사는 그럴 수 없다고 했다. 주목은 그 자리에 교회를 세우기로 하기 한참 전부터 서 있었다. 묘지에는 벌써 무덤들이 들어서기 시작했고, 새 교회 건물을 지으려고 설계를 하는 중이었다. 목사는 주목이 교회를 세찬 비와 매서운 날씨로부터 보호해 줄 것이라고 생각했다. 그래서 아무리 약제사가 졸라도 약제사를 주목 근처에 얼씬도 못하게 했다.

목사는 신식 문물에 밝은 사람이었고 친절한 사람이었다. 자기 신도들이 아주 잘되기만을 바랐고, 미신이나 마법 같은 어두운 시대의 산물에서 벗어나게 하고 싶어 했다. 목사는 약제사가 쓰는 옛날 방식에 반대하는 설교를 했다. 약제사가 워낙 성질이 더럽고 욕심이 많았기 때문에 이런 설교 내용은 사람들 귀에 쏙쏙 들어갔다. 약제사의 사업은 점점 더 어려워졌다.

그러다가 어느 날, 목사 딸들이 병에 걸렸다. 처음에는 한 딸이, 그리고 곧 다른 딸마저 그 지방을 휩쓴 전염병에 걸려 쓰러졌다.

하늘이 어둑해졌다. 목사관 안에서는 딸들의 기침 소리, 목사가 소리 내어 기도하는 소리, 목사 아내가 우는 소리가 들렸다.

목사는 백방으로 애썼으나 어떤 것도 효과가 없었다. 기도도, 두 마을 건너에 있는 신식 의사의 처방도, 신도들이 부끄러운 듯 슬그머니 전해 주는 민간요법도, 그 어떤 것도 효과가 없었다. 딸들은 몸이 쇠약해졌고 죽음의 문턱까지 갔다. 마침내 약제사를 찾아가는 것 말고는 다른 도리가 없게 되었다. 목사는 자존심을 꺾고 약제사에게 용서를 구하러 찾아갔다.

"제 딸들을 도와주시지 않겠습니까? 아무 죄 없는 제 딸들을 보아서라도 도와주시길 부탁 드립니다."

목사는 약제사의 집 문 앞에 무릎을 꿇고 빌었다.

"내가 왜 그래야 하지? 당신 설교 때문에 내 일이 어려워졌소. 치료제를 만드는 데 가장 필요한 주목도 주지 않았고, 마을 사람들이 모두 나에게 등을 돌리게 만들었소."

약제사가 물었다.

"주목을 가져도 좋습니다. 당신을 칭찬하는 설교를 하겠습니다. 신도들이 아프면 언제나 당신께 보내겠습니다. 원하는 것 무엇이든 가져가셔도 좋습니다. 제 딸들의 목숨을 구해 주시기만 한다면……."

목사가 말했다.

약제사는 놀란 얼굴이었다.

"당신이 믿는 것을 모두 포기할 수 있소?"

"딸들을 구하기 위해서라면 무엇이든 포기하겠습니다."

목사가 말했다.

"그렇다면 내가 당신을 위해 할 수 있는 일은 없소."

약제사가 목사 코앞에서 문을 쾅 닫으며 말했다.

"뭐라고?"

코너가 말했다.

바로 그날 밤, 목사의 두 딸이 모두 세상을 떠났다.

"뭐라고?"

코너가 다시 말했다. 악몽의 느낌이 코너 배 속을 움켜쥐는 것 같았다.

그리고 바로 그날 밤, 나는 걸어왔다.

"잘했어! 그런 못된 인간은 어떤 벌을 받아도 싸지."

코너가 소리쳤다.

나도 그렇게 생각했다. 자정이 막 지났을 때 나는 목사관을 통째로 부숴 버렸다.

몬스터가 말했다.

두 번째 이야기의 결말

"목사라고 했어?"

코너가 몸을 홱 돌렸다.

그래. 지붕을 골짜기 아래로 집어던지고 주먹으로 목사관 벽을 하나하나 모두 쓰러뜨렸다.

몬스터가 말했다.

목사관은 아직도 코너 눈앞에 서 있었다. 그때 그 옆에 있던 주목이 깨어나 몬스터가 되어 사납게 목사관을 부수기 시작했다. 지붕을 한 번 휘갈기자 현관문이 홱 열렸고 목사와 아내가 겁에 질려 달아났다.

몬스터가 두 사람을 향해 지붕을 던졌는데 두 사람 바로 뒤에 아슬아슬하게 떨어졌다.

"뭐하는 거야? 약 뭐라는 사람이 나쁘잖아!"

코너가 말했다.

그래?

코너 뒤에 있던 진짜 몬스터가 물었다.

"당연하지! 목사의 딸들을 고쳐 주지 않겠다고 거부했잖아! 그래서 딸들이 죽었고!"

코너가 소리쳤다.

약제사가 병을 고칠 수 있다고 믿기를 거부한 건 목사였다. 목사는 살기 편할 때에는 약제사를 거의 망하게 만들어 놓고는, 곤란한 지경이 되자 자기 딸들을 살리기 위해서 어떤 믿음도 저버리려고 했다.

몬스터가 말했다.

"그래서? 누구나 그럴 거라고! 어떤 사람이라도! 그럼 어떻게 했어야 하는데?"

코너가 말했다.

나는 약제사가 처음에 주목을 달라고 했을 때 목사가 내주기를 바랐다.

이 말에 코너는 우뚝 멈추었다. 목사관에서는 벽 하나가 더 무너져 내리며 요란한 소리가 울렸다.

"네 자신을 죽이기를 바랐다고?"

나는 나무 한 그루에 지나지 않는 존재가 아니다. 그렇지만 주목을 쓰러뜨리길 바랐다. 그랬으면 목사의 딸들을 구할 수 있었을 것이다. 그 밖의 많은 사람들도…….

몬스터가 말했다.

"하지만 그랬으면 나무는 죽었을 거고 약제사는 부자가 됐겠지!

나쁜 사람이라고!"

코너가 소리쳤다.

탐욕스럽고 무례하고 까칠하긴 했지만 어쨌든 병을 고치는 사람이었다. 그렇지만 목사는 뭐였나? 아무것도 아니었다. 치료의 절반은 믿음이다. 치료 약에 대한 믿음, 앞으로 올 미래에 대한 믿음. 그런데 믿음에 기대어 사는 사람이 역경을 맞닥뜨리자마자, 믿음이 가장 절실히 필요할 때 그걸 저버렸다. 목사의 믿음은 이기적이고 비겁했다. 그래서 딸들이 목숨을 잃고 만 것이다.

코너는 더욱 화를 냈다.

"속임수가 없는 이야기라고 했잖아."

이기심 때문에 벌을 받은 사람의 이야기라고 말했지. 그게 사실이고.

코너는 부글부글 끓는 심정으로 예전 몬스터가 목사관을 파괴하는 모습을 바라보았다. 거대하고 무지막지한 다리로 계단을 무너뜨렸다. 거대하고 무지막지한 팔로 목사의 침실 벽을 부쉈다.

말해 봐라, 코너 오말리. 같이 하고 싶은가?

뒤에서 몬스터가 물었다.

"같이 해?"

코너가 놀라서 물었다.

아주 통쾌할 것이다. 보장하지.

몬스터는 앞으로 나아가더니 거대한 발을 코너 외할머니의 소파처럼 생긴 소파 위에 얹었다.

몬스터는 코너를 기다리는 듯 돌아보았다.

이제 무얼 부술까?

몬스터가 물으며 또 다른 몬스터가 있는 자리로 갔다. 눈앞이 끔찍하게 흔들리더니 두 몬스터가 합해져 전보다 엄청나게 큰 몬스터 하나로 바뀌었다.

네 명령을 기다리고 있다.

몬스터가 말했다.

코너는 숨이 다시 거칠어지는 걸 느꼈다.

가슴이 쿵쾅거렸고 열기가 온몸을 달뜨게 했다. 코너는 조금 더 기다렸다.

그러고 나서 말했다.

"벽난로를 무너뜨려."

곧바로 몬스터의 주먹이 돌로 된 난로를 토대에서부터 후려갈겨 쓰러뜨렸다. 난로 위 벽돌 굴뚝이 요란하게 우르릉 쾅 소리를 내며 무너져 내렸다.

부수고 있는 사람이 자기 자신인 것처럼 코너의 숨이 더욱 거칠어졌다.

"침대를 던져 버려."

코너가 말했다.

몬스터는 지붕이 없는 침실 두 칸에서 침대들을 들어 올려 공중으로 던졌다. 어찌나 세게 던졌던지 거의 지평선까지 날아가 땅으로 떨어졌다.

"가구들을 박살 내! 모조리 박살 내 버려!"

코너가 소리쳤다.

몬스터는 건물 안으로 쿵쿵거리며 들어가 통쾌한 소리를 내며 가구란 가구는 모두 부쉈다.

"모조리 다 부서뜨려!"

코너가 고래고래 소리를 질렀고 몬스터도 맞장구치듯 고함을 지르며 남아 있는 벽을 쳐서 무너뜨렸다.

코너도 거들러 달려가서는 떨어진 나뭇가지를 들고 아직 남아 있는 창문을 깨뜨렸다.

그러면서 소리를 질러 댔는데, 어찌나 크게 소리를 질렀는지 자기가 무슨 생각을 하는지도 알 수가 없었다.

파괴적 광기에 휩싸여, 미친 듯이 때려 부수고 부수고 부쉈다.

몬스터 말이 맞았다.

정말 통쾌했다.

코너는 목이 쉴 때까지 소리를 지르고, 팔이 쑤실 때까지 부

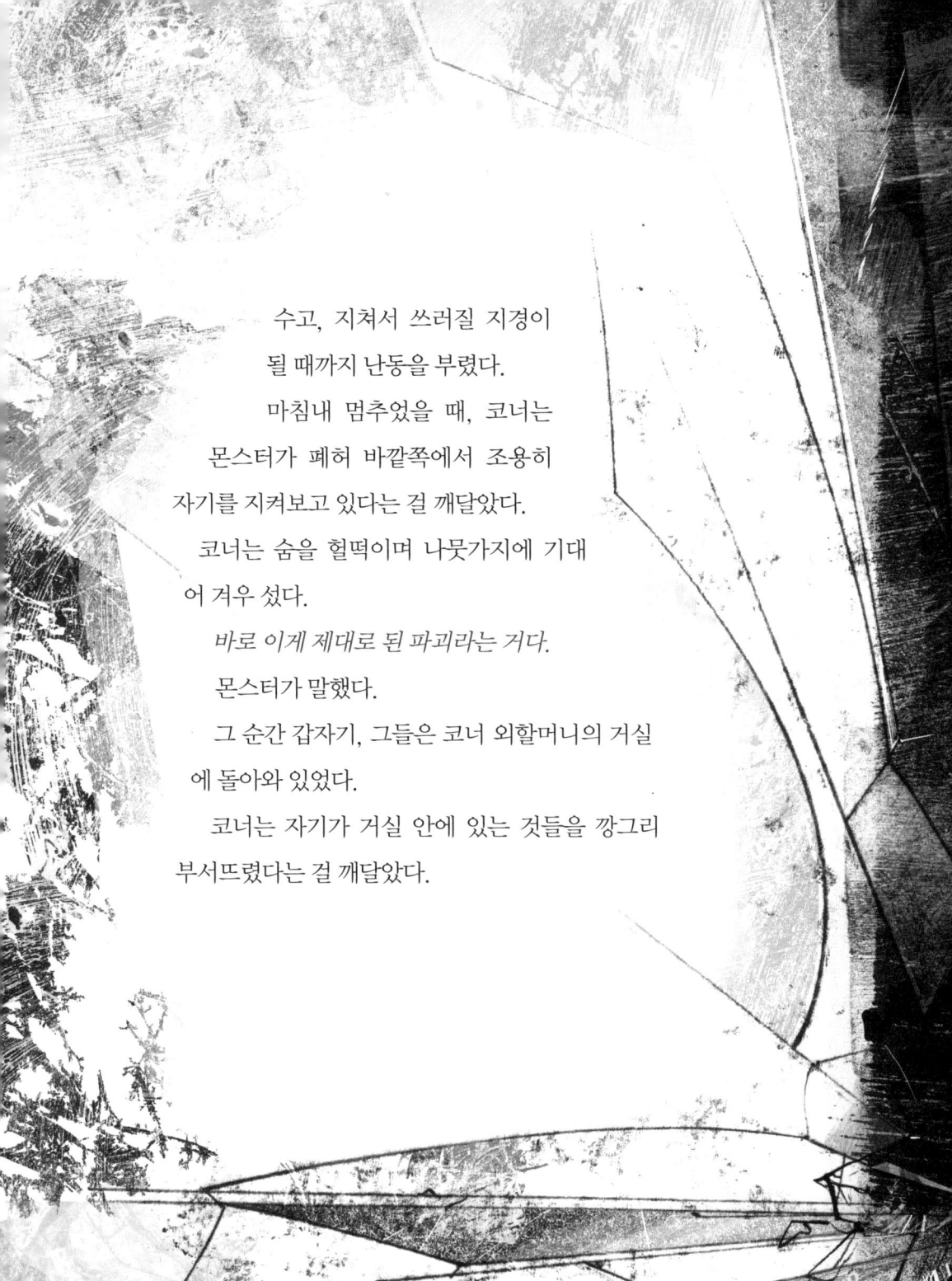

　수고, 지쳐서 쓰러질 지경이 될 때까지 난동을 부렸다.
　마침내 멈추었을 때, 코너는 몬스터가 폐허 바깥쪽에서 조용히 자기를 지켜보고 있다는 걸 깨달았다.
　코너는 숨을 헐떡이며 나뭇가지에 기대어 겨우 섰다.
　바로 이게 제대로 된 파괴라는 거다.
　몬스터가 말했다.
　그 순간 갑자기, 그들은 코너 외할머니의 거실에 돌아와 있었다.
　코너는 자기가 거실 안에 있는 것들을 깡그리 부서뜨렸다는 걸 깨달았다.

파괴

소파는 헤아릴 수도 없이 여러 조각으로 산산이 부서져 있었다. 나무 다리는 모두 부

러지고, 덮개는 너덜너덜하게 찢기고, 솜뭉치가 바닥에 널려 있었다. 고장 난 시계도 벽에서 떨어져 알아볼 수 없을 정도로 산산이 부서졌다. 램프들도, 소파 양쪽에 있던 작은 탁자 두 개도, 앞쪽 창문 아래에 있던 책꽂이도 마찬가지였다. 책꽂이 안에 있던 책도 모조리 갈기갈기 찢어져 있었다. 벽지도 찢어져 너덜너덜 지저분했다. 쓰러지지 않고 서 있는 것은 장식장 하나뿐이었다. 하지만 유리문은 깨졌고 안에 있던 물건은 모조리 바닥에 쏟아져 나와 있었다.

코너는 충격에 휩싸여 서 있었다. 자기 손을 내려다보았다. 손은 온통 찢겨 피투성이였고, 손톱은 부러지고 갈라져 있었으며, 온몸은 욱신거렸다.

"이럴 수가."

코너가 나지막한 목소리로 말했다.

코너는 몬스터를 돌아보았다.

그 자리에는 아무도 없었다.

"무슨 짓을 한 거야?"

코너는 너무나 고요한 적막 속에서 느닷없이 소리 높여 외쳤다. 바닥에는 파편이 가득 쌓여 발 디딜 틈도 없었다.

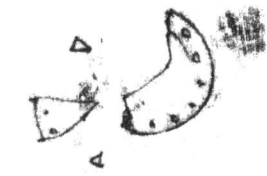

자기 혼자 이걸 다 했을 수는 없었다.

그럴 수는 없다.

그랬나?

"이럴 수가."

코너가 다시 말했다.

"이럴 수가."

파괴는 아주 통쾌하지.

코너에게 몬스터의 목소리가 들렸지만, 바람을 타고 들려오는 소리 같았다. 곁에서 나는 소리는 아니었다.

그때 외할머니 차가 마당 안으로 들어오는 소리가 들렸다.

도망갈 곳이 없었다. 뒷문으로 나가서 외할머니한테 들키지 않을 곳으로 피할 시간조차 없었다.

코너가 한 일을 안다면 아빠조차 코너를 받아 주지 않을 거란 생각이 들었다. 이런 짓을 한 아이를 아기가 있는 집으로 데려가 같이 살려고 할 리가 없었다.

"이럴 수가."

코너는 다시 말했다. 심장이 가슴에서 튀어나올 듯 요동쳤다.

외할머니가 현관문에 열쇠를 꽂고 문을 열었다.

　외할머니가 모퉁이를 돌아 거실로 오는 짧은 순간, 코너가 어디에 있는지 무슨 일이 벌어졌는지 미처 알아차리지 못하고 핸드백을 뒤적거리고 있을 때, 코너는 외할머니 얼굴을 보았다. 지쳐 보였다. 좋다거나 나쁘다거나 하는 새로운 소식도 없이 병원에서 보내는 되풀이되는 밤은 엄마와 외할머니 모두를 점점 마르게 만들었다.

　그때 외할머니가 고개를 들었다.

　"이 무슨……."

　외할머니는 말을 중간에 멈췄다. 외할머니는 핸드백을 든 채로 굳어 버렸다. 믿기지 않는다는 듯 눈동자만 움직이며 난장판이 된 거실을 훑어보았다. 외할머니는 도무지 이 사태를 받아들일 수 없는 것 같았다. 외할머니는 숨소리도 내지 않았다.

　그때 외할머니가 코너를 보았다. 외할머니 입은 벌어졌고, 눈은 휘둥그레졌다. 외할머니는 이런 일을 벌이느라 손이 피범벅이 된 채 난장판 한가운데에 서 있는 코너를 보았다.

　외할머니는 입을 꼭 다물었지만 평상시처럼 엄격한 입매가 아니었다. 울음을 삼키려는 듯 입가가 바르르 떨렸고, 얼굴 다른 부분이 무너지지 않도록 갖은 애를 쓰고 있었다.

　그러더니 입을 앙 다문 채 가슴 깊은 곳에서 신음 소리를 내기 시작했다.

어찌나 고통스러운 소리였던지 코너는 손으로 귀를 틀어막고 싶은 심정이었다.

외할머니가 다시 신음 소리를 토해 냈다. 또다시, 또다시……. 신음 소리는 한 줄기 고통스러운 소리가 되어 계속 이어졌다. 핸드백이 바닥에 떨어졌다. 외할머니는 터져 나오는 끔찍한 신음 소리, 탄식, 울부짖음을 막으려는 듯 두 손으로 입을 틀어막았다.

"외할머니?"

코너가 말했다. 두려움으로 목소리가 가늘게 떨렸다.

그때 외할머니가 비명을 질렀다.

외할머니는 입에서 손을 떼고 주먹을 꼭 쥐고는 입을 크게 벌리고 비명을 질렀다. 비명 소리가 어찌나 큰지 코너는 귀를 틀어막지 않을 수가 없었다. 외할머니는 코너를 바라보지도 않았다. 아무것도 바라보지 않고, 그저 허공에 대고 비명을 질렀다.

코너는 평생 그렇게 겁에 질린 적이 없었다. 세상 한가운데에 서 있는 것 같았다. 멀쩡한 정신으로 자기 악몽 속에 들어와 있는 것 같았다. 비명 소리, 공허함…….

그때 외할머니가 거실 안으로 들어섰다.

외할머니는 쓰레기가 눈에 보이지 않는지 발로 차며 들어왔다.

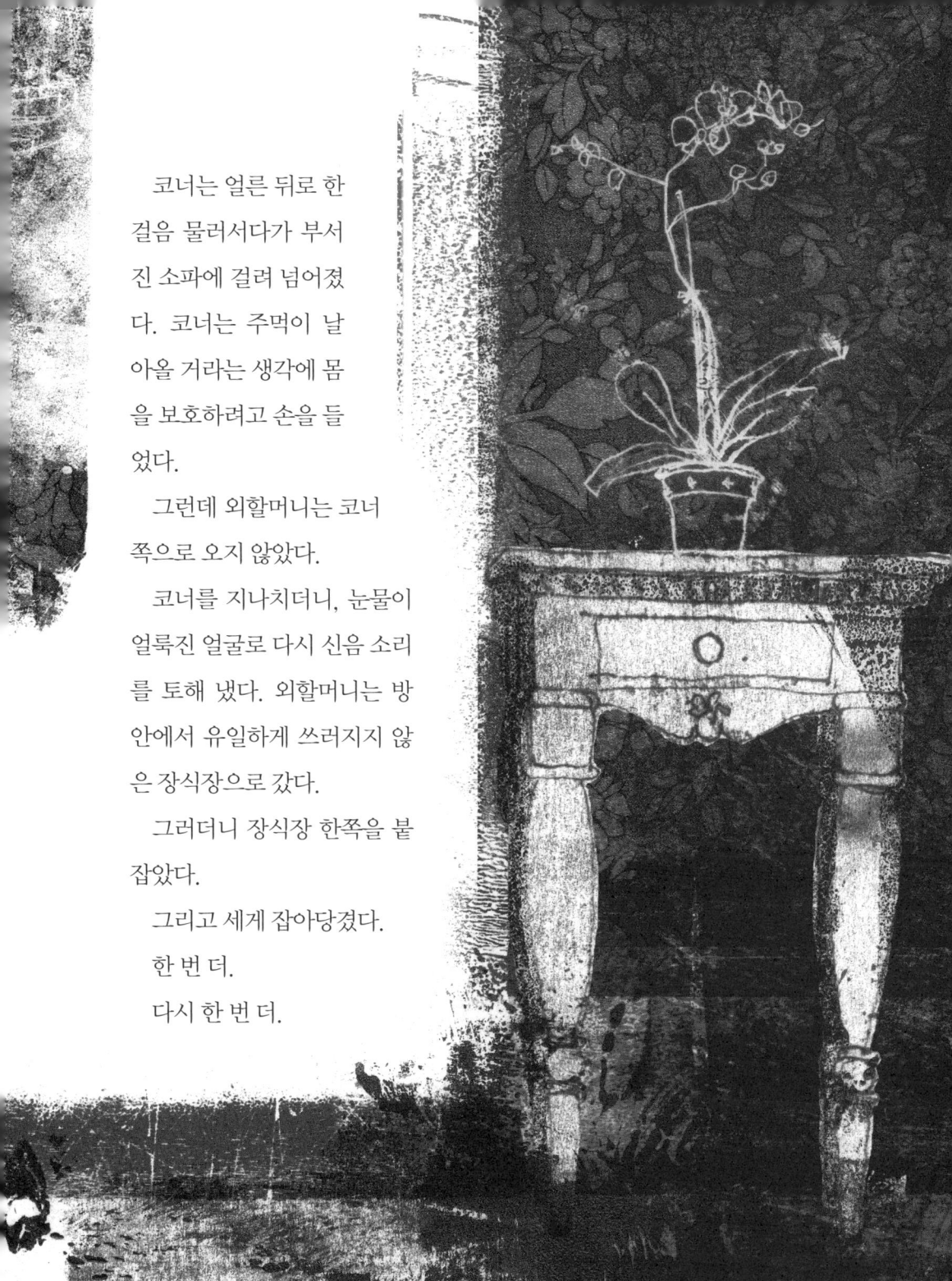

　코너는 얼른 뒤로 한 걸음 물러서다가 부서진 소파에 걸려 넘어졌다. 코너는 주먹이 날아올 거라는 생각에 몸을 보호하려고 손을 들었다.
　그런데 외할머니는 코너 쪽으로 오지 않았다.
　코너를 지나치더니, 눈물이 얼룩진 얼굴로 다시 신음 소리를 토해 냈다. 외할머니는 방 안에서 유일하게 쓰러지지 않은 장식장으로 갔다.
　그러더니 장식장 한쪽을 붙잡았다.
　그리고 세게 잡아당겼다.
　한 번 더.
　다시 한 번 더.

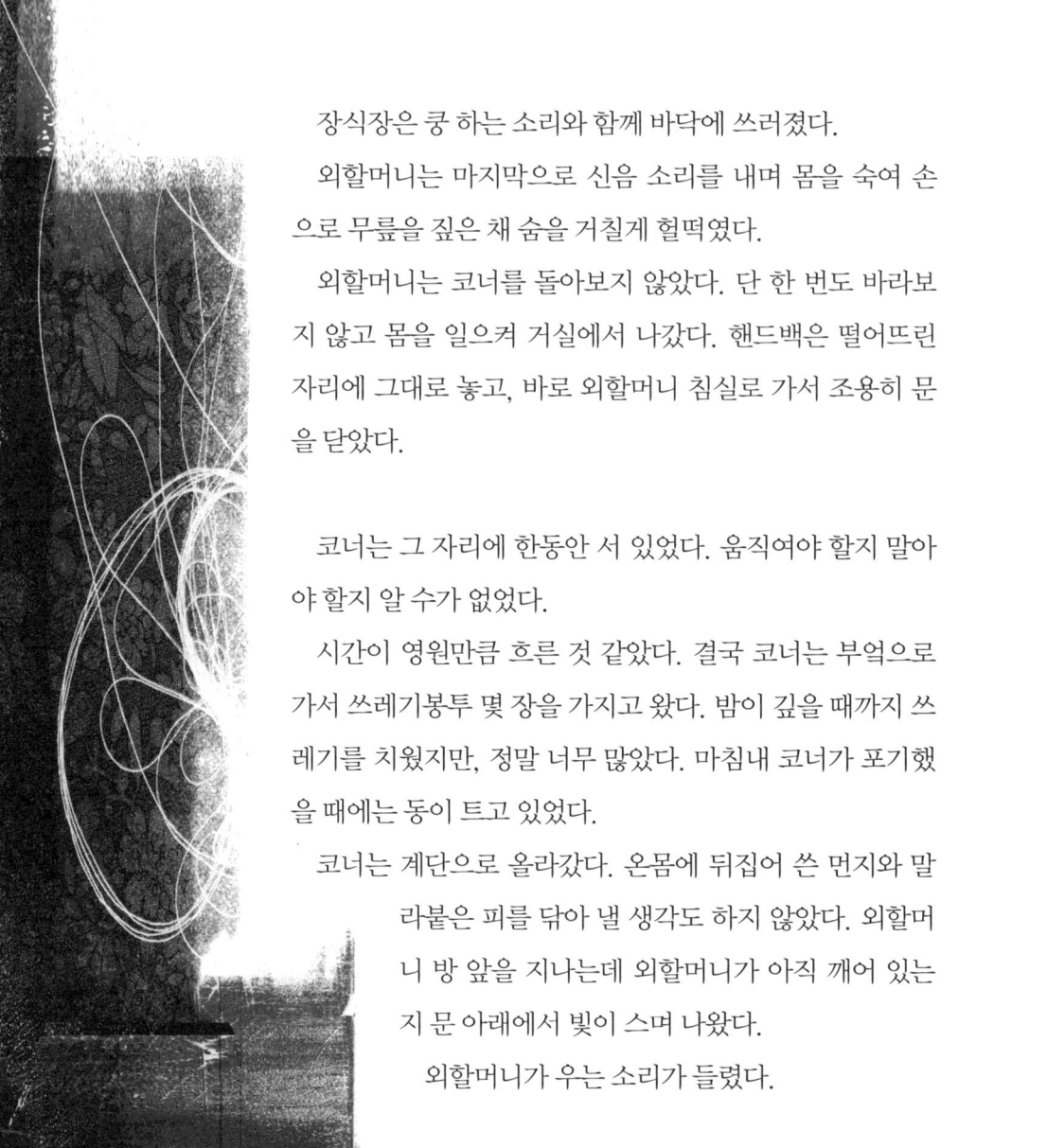

장식장은 쿵 하는 소리와 함께 바닥에 쓰러졌다.

외할머니는 마지막으로 신음 소리를 내며 몸을 숙여 손으로 무릎을 짚은 채 숨을 거칠게 헐떡였다.

외할머니는 코너를 돌아보지 않았다. 단 한 번도 바라보지 않고 몸을 일으켜 거실에서 나갔다. 핸드백은 떨어뜨린 자리에 그대로 놓고, 바로 외할머니 침실로 가서 조용히 문을 닫았다.

코너는 그 자리에 한동안 서 있었다. 움직여야 할지 말아야 할지 알 수가 없었다.

시간이 영원만큼 흐른 것 같았다. 결국 코너는 부엌으로 가서 쓰레기봉투 몇 장을 가지고 왔다. 밤이 깊을 때까지 쓰레기를 치웠지만, 정말 너무 많았다. 마침내 코너가 포기했을 때에는 동이 트고 있었다.

코너는 계단으로 올라갔다. 온몸에 뒤집어 쓴 먼지와 말라붙은 피를 닦아 낼 생각도 하지 않았다. 외할머니 방 앞을 지나는데 외할머니가 아직 깨어 있는지 문 아래에서 빛이 스며 나왔다.

외할머니가 우는 소리가 들렸다.

보이지 않는 사람

코너는 학교 운동장에 서서 기다리고 있었다.

조금 전에 릴리를 봤다. 릴리는 코너가 알기로 릴리를 별로 좋아하지 않고 릴리도 별로 좋아하지 않는 여자아이들과 같이 있었다. 아무튼 그 아이들이 떠드는 사이에 말없이 껴 있었다. 코너는 자기가 릴리와 눈을 마주치려 한다는 걸 깨달았지만 릴리는 절대 돌아보지 않았다.

마치 이제 더 이상 코너가 보이지 않는 것 같았다.

그래서 코너는 혼자 기다렸다. 깔깔거리고 웃고 전화기를 들여다보는 다른 아이들에게서 멀찍이 떨어져서 돌벽에 기대어 기다렸다. 다른 아이들은 세상에 아무 문제도 없고 자기들에게는 어떤 안 좋은 일도 결코 일어나지 않을 거라고 믿는 것처럼 보였다.

그때 그 애들이 보였다. 해리와 설리와 앤톤이 운동장을 대각선으로 가로질러서 코너를 향해 오고 있었다. 해리 눈은 코너에게 고정되어 있었다. 웃음기라고는 없는 날카로운 눈빛이었다. 해리 일당은 기대에 부풀어 즐거운 얼굴을 하고 코너에게 다가왔다.

코너는 안도감에 몸에서 힘이 죽 빠져나가는 것만 같았다.

그날 새벽에 잠깐 눈을 붙였을 뿐인데 그 악몽이 찾아왔다. 지금까지 있었던 나쁜 일로도 충분하지 않은 모양이었다. 다시 그 자리에 있었다. 공포, 추락, 마지막 순간의 끔찍하고도 끔찍한 일. 코너는 비명을 지르며 일어났다. 전보다 더 나을 것이 없는 날이 시작되었다.

마침내 용기를 내어 아래층으로 내려가 보니 아빠가 외할머니 부엌에서 아침을 차리고 있었다.

외할머니는 보이지 않았다.

"스크램블로 할까?"

아빠가 달걀을 익히던 프라이팬을 들고 물었다.

코너는 조금도 배고프지 않았지만 고개를 끄덕이며 식탁 의자에 앉았다. 아빠는 미리 만들어 놓은 버터 바른 토스트 위에 달걀 요리를 얹고, 접시 두 개를 놓았다. 코너 앞에 하나, 아빠 앞에 하나. 두 사람은 식탁에 앉아 아침을 먹었다.

침묵이 너무 무겁게 가라앉아, 코너는 숨을 잘 쉴 수가 없었다.

"난장판을 만들었더구나."

아빠가 마침내 입을 열었다.

코너는 계속 먹었다. 달걀을 되도록 조금씩 입으로 가지고 갔다.

"외할머니가 오늘 아침에 전화하셨어. 아주아주 일찍."

코너는 다시 한 번 음식을 눈에 보이지도 않을 정도로 조금 입에 넣었다.

"네 엄마가 안 좋아졌어. 외할머니는 의사를 만나러 병원으로 가셨어. 내가 널 학교에 데려다 줄게."

아빠가 말했다. 코너는 흘긋 고개를 들었다.

"학교요? 엄마한테 갈 거예요!"

코너가 말했다.

하지만 아빠는 벌써 고개를 가로젓고 있었다.

"지금은 애들이 가 있을 곳이 못 된다. 널 학교에 데려다 주고 나서 아빠는 병원에 갔다가, 학교가 끝나면 바로 널 태워서 병원에 데려다 줄게."

아빠는 접시를 내려다보았다.

"만약에……, 만약에 그래야 하면 더 일찍 데리러 갈 거야."

코너는 나이프와 포크를 내려놓았다. 더 이상 먹고 싶은 생각이 없었다. 앞으로 평생 그럴 것 같았다.

"코너, 내가 씩씩해져야 한다고 했던 것 기억나지? 어, 지금이 바로 그래야 할 때야."

아빠는 거실 쪽으로 고갯짓을 하며 말했다.

"네 마음이 얼마나 불안한지 안다. 네 외할머니도 알고 있고."

아빠 얼굴에 슬픈 웃음이 스치고 지나갔다.

"그러려던 게 아니었어요. 전 어떻게 해서 그렇게 되었는지도 모른다고요."

코너 가슴이 쿵쾅거렸다.

"괜찮아."

아빠가 말했다.

코너가 얼굴을 찡그렸다.

"괜찮다고요?"

"그 일은 걱정 마. 그 정도로 끝나서 다행이야."

아빠가 다시 밥을 먹으며 말했다.

"그게 무슨 말이에요?"

"그러니까 우리는 그 일이 없었던 것처럼 행동할 거라는 뜻이야. 지금 다른 일이 일어나고 있으니까."

아빠가 힘주어 말했다.

"엄마 일 말이에요?"

아빠가 한숨을 내쉬었다.

"얼른 아침 먹어라."

"저한테 벌 안 주실 거예요?"

"그래서 뭐하겠니? 그래 봐야 무슨 소용이 있겠어?"

아빠가 고개를 흔들며 말했다.

수업 시간에 단 한마디도 귀에 들어오지 않았다. 하지만 선생님들은 집중을 안 한다고 꾸지람을 하지도 않았고, 학생들에게 질문을 할 때도 코너는 건너뛰었다. 오늘이 생활 글 숙제를 제출하는 날이었는데도 말 선생님은 코너에게 숙제를 내란 말도 하지 않았다. 코너는 단 한 줄도 안 썼다.

그래도 전혀 문제가 안 되는 것 같았다.

반 친구들은 코너에게서 고약한 냄새라도 나는 것처럼 가까이 오지 않았다. 코너는 아침에 학교에 온 뒤로 누구와 이야기를 나눈 적이 있는지 떠올려 보려고 했다. 없었다. 그러니까 아빠와 아침에 이야기를 한 뒤로 아무하고도 이야기를 하지 않았다는 말이다.

'어떻게 그런 일이 있을 수 있지?'

그런데 드디어 해리가 왔다. 그 일만은 적어도 정상적으로 여겨졌다.

"코너 오말리."

해리가 한 걸음 떨어진 곳에 멈추며 말했다. 설리와 앤톤은 실실 쪼개며 뒤에 섰다.

코너는 벽에 기댔던 몸을 일으키며 손을 옆으로 내렸다. 주먹이 어디로 날아들든 대비하기 위해서였다.

그런데 주먹이 날아오지 않았다.

"뭘 기다려?"

코너가 말했다.

"맞아. 뭘 기다려?"

설리가 해리에게 말했다.

"한 대 쳐 줘."

앤톤이 말했다.

해리는 코너에게 눈길을 고정한 채 꿈쩍하지 않았다. 코너는 어쩔 수 없이, 세상에 자기 자신과 해리밖에 없는 것처럼 느껴질 때까지 해리와 마주 보고 있었다. 손바닥에 땀이 고였다. 가슴이 두근거렸다.

'어서 해!'

코너는 생각만 했는데 그 말이 자기도 모르게 입 밖으로 나왔다.

"어서 해!"

"뭘 해? 코너, 대체 내가 어떻게 하기를 바라는 거야?"

해리가 차분하게 말했다.

"자길 때려서 쓰러뜨리래."

설리가 말했다.

"엉덩이를 걷어차 달래."

앤톤이 말했다.

"맞아? 그게 정말 네가 원하는 거야?"

해리가 정말 궁금하다는 듯이 물었다.

코너는 아무 말도 하지 않고, 주먹을 꼭 쥔 채 그대로 기다리며 서 있었다.

그때 종이 요란스럽게 울렸고, 콴 선생님이 다른 선생님과 이야기를 나누며 운동장을 가로질러 왔다. 콴 선생님은 눈으로 주위 학생들을 훑어보았다. 특히 코너와 해리를 주의 깊게 살피고 있었다.

"도무지 알 수가 없을 것 같군. 코너가 대체 뭘 원하는지……."

해리가 말했다.

앤톤과 설리는 해리가 하는 말이 농담인지 진담인지 정확히 모르면서도 웃었다. 셋은 학교 건물을 향해 걷기 시작했다.

그러나 해리는 가면서도 코너에게서 눈을 떼지 않고 계속 돌아보았다.

코너는 그 자리에 혼자 서 있었다.

세상 누구에게도 보이지 않는 사람처럼 남겨졌다.

주목

"안녕, 우리 아들."

코너가 병실 문으로 들어오자, 엄마는 침대에서 몸을 약간 일으키며 말했다.

그게 얼마나 힘이 드는지 눈에 훤히 보였다.

"난 이 앞에 있을게."

외할머니가 의자에서 일어나면서 말하고는 코너와 눈도 맞추지 않고 나가 버렸다.

"챔프, 자판기에서 뭐 뽑아 먹을 건데, 좀 사다 줄까?"

아빠가 문가에서 말했다.

"절 챔프라고 안 부르셨으면 좋겠어요."

코너가 엄마한테서 눈을 떼지 않으며 말했다.

엄마가 웃었다.

"금세 올게."

아빠가 엄마와 코너만 두고 나가며 말했다.

"이리 와라."

엄마가 침대 옆자리를 톡톡 두드리며 말했다. 코너는 엄마 팔에 꽂힌 관과, 엄마 코에 산소를 불어넣는 관과, 치료할 때 가끔씩 쓰는 밝은 주황색 화학 물질을 넣는 관을 건드리지 않으려고 조심하면서 엄마 옆에 가까이 가 앉았다.

"우리 코너 잘 있었니?"

엄마가 물으며 가느다란 손가락으로 코너 머리카락을 쓸었다. 엄마 팔은 관이 꽂힌 자리 둘레에는 노란색 얼룩이 있었고, 팔 안쪽에는 보라색 멍이 길게 있었다.

그렇지만 엄마는 웃고 있었다. 피곤하고 지쳐 보이긴 했지만 그래도 웃었다.

"엄마 끔찍해 보이지."

엄마가 말했다.

"아니, 아니에요."

코너가 말했다.

엄마는 다시 손가락으로 코너 머리카락을 쓸었다.

"선의의 거짓말은 용서할 수 있지."

"괜찮아요?"

코너가 물었다. 괜찮을 리가 없으니 말도 안 되는 질문이었지만, 엄마는 코너의 말뜻을 알아들었다.

"그래, 아가. 병원에서 쓴 몇 가지 방법이 바라는 만큼 효과가 없었어. 그리고 효과가 없어질 거라고 기대한 시기보다 훨씬 일찍 효과가 없었대. 그게 무슨 말인지 이해가 가니?"

엄마가 말했다.

코너가 고개를 저었다.

"그래, 사실 나도 잘 모르겠어."

엄마가 말했다. 엄마의 웃음이 점점 더 힘겨워지는 게 보였다. 엄마는 크게 숨을 들이마셨는데, 공기가 안으로 들어가면서 점점 더 고통스러워 보였다. 엄마 가슴속에 뭔가 묵직한 것이 있는 것 같았다.

"내가 바란 것보다 약간 더 빨리 진행이 되고 있어."

엄마가 말했다. 엄마 목소리는 탁했다. 코너 배 속을 더욱 뒤틀리게 만드는 목소리였다. 코너는 아침 식사 이후로 아무것도 먹지 않아 다행이라는 생각을 했다.

"하지만 한 가지 방법을 더 써 볼 거래. 몇몇 환자들한테 효과가 좋았던 치료제야."

엄마가 말했다. 엄마 목소리는 여전히 탁했지만 다시 웃음을 짓고 있었다.

"왜 전에는 그걸 안 썼는데요?"

코너가 물었다.

"내가 받았던 치료 기억해? 머리카락이 빠지고 토하고 했던 치료 말이야."

"그럼요."

"음, 이 방법은 그 방법이 효과가 없을 때 쓰는 거야."

엄마가 말했다.

"시도해 볼 수 있는 방법 가운데 하나이긴 하지만, 그럴 필요가 없기를 바랐던 거지. 이렇게 빨리 이 방법을 쓰지 않기를 바랐던 거고."

엄마가 고개를 숙였다.

"너무 늦었다는 뜻이에요?"

코너는 자기가 무슨 말을 하는지도 모르고 그 말을 입 밖에 내고 말았다.

"아니야, 코너. 그런 생각하지 마. 너무 늦지 않았어. 절대 늦지 않았어."

엄마가 얼른 대답했다.

"정말이에요?"

엄마가 다시 웃었다.

"엄마는 엄마가 하는 말들을 전부 믿어."

엄마 목소리에 힘이 조금 더 들어갔다.

코너는 몬스터가 한 말을 떠올렸다.

치료의 절반은 믿음이다.

코너는 여전히 숨을 쉴 수가 없었다. 하지만 조금씩 긴장이 풀리기 시작했고 뒤틀렸던 속도 조금씩 가라앉았다. 엄마는 코너가 조금 누그러진 걸 알아차리고 팔을 쓰다듬기 시작했다.

"그런데 정말 신기한 게 있어. 우리 집 뒤 언덕에 있는 나무 기억해?"

엄마가 약간 더 가벼운 목소리로 말했다.

코너 눈이 동그래졌다.

"흠, 믿기 어렵겠지만 말이야. 이 약은 주목으로 만든 거란다."

엄마가 코너의 놀란 표정을 알아차리지 못하고 말을 이었다.

"주목이요?"

코너가 조용한 목소리로 물었다.

"그래. 오래전에 병이 처음 생겼을 때 주목으로 만든 약이 있다는 글을 읽었어."

엄마는 손으로 입을 가리고 기침을 했다. 그리고 또다시 기침을 했다.

"그러니까, 여기까지 오게 되지 않기를 바랐지만, 내내 우리 집에서 주목을 볼 수 있었다는 게 그저 신기하게 느껴져. 바로 그 나무가 나를 치료해 줄 수 있다는 게 말이야."

코너 머릿속이 빙빙 돌았다. 어찌나 빨리 돌던지 어지러울 지경이었다.

"이 세상 식물들이란 정말 신비롭지 않니? 사람들은 닥치는 대로 식물을 없애기만 하고 있는데 우리를 구해 주는 게 바로 식물들이라니 말이야."

엄마가 계속 말했다.

"그게 엄마를 구해 줄 거예요?"

코너는 겨우 입을 열어 말했다.

엄마는 다시 웃었다.

"그러길 바라지. 그러리라고 믿어."

엄마가 말했다.

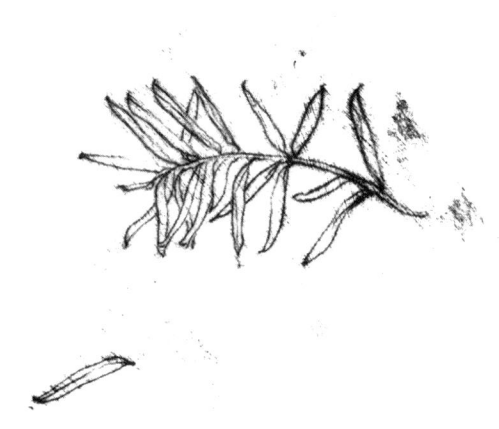

그럴 수 있을까?

코너는 병원 복도로 나갔다. 머릿속이 복잡했다. 주목으로 만든 치료제. 병을 낫게 할 수 있는 약. 약제사가 목사에게 만들어 줄 수 없다고 했던 그런 약. 하지만 솔직히 코너는 아직도 몬스터가 왜 목사관을 무너뜨렸는지 뚜렷이 알 수가 없었다.

그게 아니라면.

몬스터가 어떤 이유가 있어 온 게 아니라면. 코너 엄마를 낫게 하기 위해 걸어온 게 아니라면.

코너는 차마 기대를 품기가 두려웠다. 차마 그런 생각조차 할 수 없었다.

'아니야, 아니야. 당연히 아니지. 그럴 리가 없어.'

바보 같은 생각이었다. 몬스터는 꿈이었다. 그저 꿈일 뿐이었다.

그렇지만 그 잎. 그리고 열매. 마룻바닥에서 자라난 어린 가지. 엉망이 된 외할머니 거실.

코너는 갑자기 몸이 가벼워지는 느낌이었다. 공중으로 몸이 떠오르는 것 같았다.

'그럴 수 있을까? 정말 그럴 수 있을까?'

코너는 말다툼 소리를 듣고 복도 아래쪽을 바라봤다. 아빠와 외할머니가 싸우고 있었다.

두 사람이 무슨 얘기를 하는지는 잘 들리지 않았지만 외할머니는 무척 화를 내며 아빠 가슴을 손가락으로 찔러 댔다.

"아니 나보고 어떻게 하라는 거예요?"

아빠가 말했다.

말소리가 커지자 복도를 지나가던 사람들이 돌아봤다. 외할머니가 뭐라 대꾸하는지는 들리지 않았지만 외할머니는 쿵쾅거리며 복도를 걸어 코너 옆을 지나쳐 갔다. 여전히 코너를 보지 않고 엄마 병실로 들어가 버렸다.

아빠가 어깨를 축 늘어뜨리고 잠시 뒤에 다가왔다.

"무슨 일이에요?"

코너가 물었다.

"아, 외할머니가 나한테 화가 나셨어. 늘 그러시지만."

아빠가 짧은 웃음을 지어 보이며 말했다.

"왜요?"

아빠가 얼굴을 일그러뜨렸다.

"코너, 안 좋은 소식이 있다. 오늘 밤에 집으로 돌아가야 해."

아빠가 말했다.

"오늘 밤요? 왜요?"

코너가 물었다.

"아기가 아프대."

"아, 어디가 아픈데요?"

코너가 말했다.

"심각한 건 아닐 거야. 하지만 애 엄마가 기겁해서 아기를 입원시키고 나더러 빨리 오라고 하는구나."

"그래서 가실 거예요?"

"그래, 하지만 돌아올 거야. 다음다음 일요일에 올게. 그러니까 2주도 안 남았어. 다시 와서 널 볼 수 있게 휴가를 더 냈어."

"2주요."

코너가 거의 혼잣말하듯이 말했다.

"하지만 괜찮아요. 엄마가 새 치료를 받고 있으니 좋아지실 거예요. 그러니까 아빠가 돌아오셨을 때쯤에는……."

코너는 아빠 얼굴을 보고 하던 말을 멈췄다.

"잠깐 산책할까?"

아빠가 물었다.

병원 건너편 나무 사이로 오솔길이 나 있는 조그만 공원이 있었다. 코너와 아빠는 나무 사이를 지나 빈 벤치를 향해 걸어갔다. 환자복을 입은 환자들이 가족들과 같이 산책을 하거나 혼자 몰래 담배를 피우러 나와 있었다. 환자들이 많아 공원은 야외 병실처럼 느껴졌다. 아니면 유령들이 휴식을 취하러 가는 곳 같았다.

"얘기 좀 하자는 거죠? 요새는 다들 저와 얘기 좀 하고 싶어 해요."

벤치에 앉으며 코너가 말했다.

"코너, 네 엄마가 받는 새 치료 말인데……."

아빠가 말했다.

"그게 엄마를 낫게 해 줄 거예요."

코너가 힘주어 말했다.

아빠는 잠시 말이 없었다.

"아니야, 코너. 그러기 힘들 거야."

"아니에요."

코너가 고집을 부렸다.

"마지막 수단이야. 안타깝지만, 병세가 너무 빨리 진행됐어."

"낫게 해 줄 거예요. 전 알아요."

"코너, 외할머니가 화를 내신 건, 나와 네 엄마가 너한테 솔직하게 말하지 않는다고 그러신 거기도 해. 지금 상황에 대해서 말이야."

아빠가 말했다.

"외할머니가 그걸 어떻게 알아요?"

아빠가 코너 어깨에 손을 얹었다.

"코너, 엄마는……."

"괜찮아질 거예요. 새 약이 그 비밀이었어요. 그래서 그런 거였다고요. 분명히 말할 수 있는데, 전 알아요."

코너는 아빠 손을 떨치며 일어섰다.

"뭘 그랬다는 거야?"

아빠는 혼란스러운 얼굴이었다.

"아빠는 그냥 미국으로 돌아가세요. 아빠 다른 가족한테 돌아가세요. 우린 아빠 없이 잘 지낼 거예요. 새 약이 들을 거예요."

코너가 계속 떠들었다.

"코너, 아니야!"

"그렇다니까요. 들을 거예요."

"아들아, 모든 이야기가 행복하게 끝나는 건 아니란다."

아빠가 몸을 앞으로 숙이며 말했다.

이 말에 코너는 몸이 굳었다. 그게 사실이니까. 몬스터가 확실하게 가르쳐 준 게 그거였다. 이야기는 사나운 것이다, 기대하지 못한 방향으로 튀어 나가는 사나운 짐승이다.

아빠가 고개를 흔들고 있었다.

"너한테 너무 힘든 일이야. 그렇다는 것 안다. 부당하고 잔인하고 있어서는 안 될 일이야."

코너는 대답하지 않았다.

"일요일부터 일주일만 기다리면 올게. 그거 잊지 마, 알겠지?"

아빠가 말했다.

코너는 해를 보고 눈을 깜박거렸다. 10월 치고 정말 더운 날이었다. 아직도 여름이 물러가지 않으려고 버티는 것 같았다.

"얼마나 오래 계실 거예요?"

코너가 마침내 물었다.

"있을 수 있는 만큼 최대로."

"그러고는 돌아가실 거죠."

"그래야지. 난……."

"거기 다른 가족이 있으니까요."

코너가 말을 맺었다.

아빠는 손을 내밀려고 했지만 코너는 벌써 병원 쪽으로 걸어가고 있었다.

왜냐하면 약이 들을 거니까. 그렇고말고. 그게 몬스터가 걸어온 까닭이었으니까. 그래야만 했다. 몬스터가 진짜라면, 그래서 온 것일 수밖에 없었다.

코너는 병원 안으로 들어가면서 병원 앞쪽에 있는 시계를 보았다.

12시 7분이 되려면 8시간 남았다.

이야기가 없는 날

"엄마를 낫게 할 수 있어?"
코너가 물었다.
주목은 치유하는 나무이다. 내가 걸을 때 주로 택하는 형태가 주목이고.
몬스터가 말했다.
코너가 얼굴을 찡그렸다.
"그건 대답이 아니잖아."
몬스터가 사악한 웃음을 지어 보였다.

 엄마가 저녁도 먹지 않고 잠에 빠져 버리자, 외할머니는 코너를 차에 태워 집으로 데려왔다. 거실이 엉망이 된 일에 대해 외할머니는 아직까지도 코너에게 아무 말 하지 않았다. 아예 말을 걸지 않았다.
 "난 병원으로 다시 갈 거다. 뭐 좀 차려 먹어라. 그 정도는 할 수 있다는 거 안다."

코너가 차에서 내릴 때 외할머니가 말했다.

"지금 아빠는 공항에 있을까요?"

코너가 물었다.

외할머니는 짜증스러운 한숨으로 대답을 대신했다. 코너가 차 문을 닫자, 외할머니는 가 버렸다. 코너는 집 안으로 들어갔다.

아직 외할머니가 돌아오지도 않았고, 전화 한 통 없었는데도, 배터리로 돌아가는 싸구려 부엌 시계는 자정을 향해 갔다. 시계라고는 이제 그거 하나밖에 없었다. 코너는 외할머니한테 전화를 걸어 볼까 하는 생각도 했지만, 전에 벨 소리 때문에 엄마가 깼을 때 외할머니가 성질을 내던 게 떠올랐다.

상관없었다. 오히려 더 편했다. 잠자리에 드는 척할 필요도 없었다. 코너는 시계 숫자가 12:07로 바뀔 때까지 기다렸다. 그러고는 밖으로 나가 불렀다.

"어디 있어?"

그러자 몬스터가 말했다.

여기 있다.

그러고는 가볍게 한 걸음 떼어 마당에 있는 외할머니 사무실을 훌쩍 넘었다.

"엄마를 낫게 할 수 있느냐고?"

코너가 더 힘을 주어 다시 물었다.

몬스터가 코너를 내려다보았다.

그건 내 마음대로 하는 일이 아니다.

"왜? 너는 집을 부수고 마녀를 구하잖아. 네 몸 전부를 병 고치는 데 쓸 수 있다며."

코너가 물었다.

네 어머니가 나을 수 있다면, 주목이 낫게 할 것이다.

몬스터가 말했다.

코너가 팔짱을 꼈다.

"나을 수 있다는 말이야?"

그러자 몬스터가 지금까지 한 번도 하지 않은 일을 했다.

그 자리에 앉은 것이다.

몬스터는 엄청난 무게 전부를 외할머니의 사무실 지붕 위에 얹었다. 목재가 삐걱거리는 소리를 냈고 지붕이 내려앉았다. 코너 목구멍 안까지 심장 소리가 쾅쾅 울렸다. 몬스터가 외할머니 사무실까지 부순다면, 외할머니가 코너를 어떻게 할지 모를 일이었다. 소년원에 보낼지도 몰랐다. 아니면 기숙 학교에…….

아직도 네가 왜 나를 불렀는지 모르는구나. 아직도 왜 내가 걸어왔는지 몰라. 내가 날마다 이런 일을 하는 건 아니다, 코너 오말리.

몬스터가 말했다.

"난 널 부르지 않았어. 꿈이나 다른 걸 통해서가 아니라면. 만약에 불렀다고 하더라도, 틀림없이 엄마를 위해서였을 거야."

코너가 말했다.

그랬나?

"흥, 아니면 뭐겠어? 말도 안 되는 끔찍한 이야기를 들으려고 부르진 않았다고."

코너가 목소리를 높였다.

네 외할머니의 거실을 잊었나?

코너는 슬며시 떠오르는 웃음을 감출 수가 없었다.

그럴 줄 알았지.

몬스터가 말했다.

"지금 농담할 기분 아니야."

코너가 말했다.

나도 그렇다. 그렇지만 아직은 세 번째이자 마지막 이야기를 할 준비가 안 됐다. 곧 하게 될 거다. 그러고 나면 네가 네 이야기를 할 것이다, 코너 오말리. 네 진실을 말할 거야. 내가 무슨 이야기를 하는지너는 안다.

몬스터가 몸을 앞으로 숙였다.

안개가 몬스터와 코너를 감쌌고 갑자기 외할머니 집 마당이 사라졌다. 세상이 공허한 잿빛으로 바뀌었고 코너는 자기가 어디에 있는지 단박에 알았다. 세상이 무엇으로 바뀌었는지.

코너는 자기 악몽 속에 있었다.

그 느낌, 그 모습, 세상의 가장자리가 무너져 내리고 코너가 엄마 손을 잡고 있고, 손아귀에서 빠져나가는 걸 느끼고, 엄마가 떨어지는 것을······.

"안 돼! 안 돼! 이건 아니야!"

코너가 소리쳤다.

안개가 물러났고 코너는 다시 외할머니 마당에 돌아와 있었다. 몬스터는 사무실 지붕 위에 걸터앉은 채 그대로 있었다.

"그건 내 진실이 아니야. 그건 악몽일 뿐이라고."

코너가 떨리는 목소리로 말했다.

그렇다고 하더라도 그것이 세 번째 이야기 뒤에 일어날 일이다.

몬스터가 일어서며 말했다. 외할머니 사무실의 지붕이 안도의 한숨을 내쉬는 것 같았다.

"잘됐네. 이렇게 중요한 일들이 있는데 또 이야기나 듣고 있으라니."

코너가 말했다.

이야기는 중요하다. 진실을 담고 있다면 무엇보다도 중요한 것일 수 있다.

몬스터가 말했다.

"생활 글 같은 거 말이지."

코너가 퉁명스럽게 중얼거렸다.

몬스터는 놀란 듯 보였다.

그렇고말고.

몬스터는 가려고 돌아서다 다시 코너를 흘긋 보며 말했다.

곧 나를 찾아라.

"엄마가 어떻게 될 건지 알고 싶어."

코너가 말했다.

몬스터가 걸음을 멈췄다.

이미 알지 않나?

"네가 치유의 나무라고 했잖아. 치유해 줘!"

코너가 말했다.

그럴 것이다.

몬스터가 말했다.

그리고 돌풍과 함께 사라졌다.

이제 네가 안 보여

"나도 병원에 가고 싶어요. 오늘 학교에 가고 싶지 않아요."

다음 날 아침 코너는 외할머니와 차에 타며 말했다.

외할머니는 차만 몰았다. 코너는 외할머니가 앞으로 영영 말을 섞지 않을지도 모른다는 생각이 들었다.

"어젯밤에 엄마는 어땠어요?"

코너가 물었다. 코너는 몬스터가 간 뒤에 꽤 오랫동안 안 자고 기다렸다. 하지만 외할머니가 돌아올 때까지 버티지 못하고 잠이 들고 말았다.

"똑같지."

외할머니가 길에서 눈을 떼지 않은 채로 짤막하게 대답했다.

"새 약이 효과가 있어요?"

외할머니는 한참 동안 대답하지 않았다. 외할머니가 대꾸를 안 하려나 보다 생각하고 다시 물으려는 순간 외할머니가 입을 열었다.

"아직 모른다."

코너는 길 몇 개가 지나가길 기다렸다가, 또 물었다.

"엄마는 언제 집에 돌아와요?"

외할머니는 이 질문에는 대답하지 않았다. 학교에 도착할 때까지 30분이나 더 걸렸는데도.

도저히 수업에 집중할 수가 없었다. 물론 이날 선생님들 누구도 코너에게 질문을 하지 않았으니 상관은 없었다. 반 친구들도 마찬가지였다. 점심시간이 되었고, 아무하고도 말 한마디 나누지 않은 채로 오전이 다 갔다.

코너는 식당 안쪽 구석에 손대지 않은 점심을 앞에 두고 혼자 앉아 있었다. 식당은 믿기 어려울 정도로 소란스러웠다. 다른 학생들이 소리 지르고 서로 부르고 싸우고 웃는 소리가 우렁우렁 울렸다. 코너는 신경 쓰지 않으려고 애썼다.

몬스터가 낫게 해 줄 거다. 당연히 그럴 거다. 아니라면 왜 왔겠는가? 그게 아니면 설명이 안 된다. 치유의 나무로, 엄마의 약을 만드는 그 나무의 모습으로 걸어왔으니. 그렇지 않은가?

코너는 음식이 가득한 식판을 노려보며 생각했다.

'제발.'

탁자 건너편에서 손 두 개가 식판 양쪽을 쾅 하고 쳐서 오렌지 주스가 코너 무릎에 쏟아졌다.

코너는 벌떡 일어났지만 잽싸게 피하지는 못했다. 바지가 젖었고 주스가 다리를 타고 흘렀다.

"코너가 바지에 실례를 했네!"

설리가 벌써 소리를 치고 있었고, 앤톤은 옆에서 웃음을 터뜨렸다.

"자! 여기도 지렸네!"

앤톤이 말하며 탁자 위에 고인 주스를 코너에게 튕겼다.

해리는 늘 그러듯이 앤톤과 설리 사이에 서서, 팔짱을 끼고 노려보고 있었다.

코너도 노려보았다.

두 사람이 한참 동안 꿈쩍하지 않자, 설리와 앤톤도 조용해졌다. 노려보기 대회가 계속되자 둘은 해리가 어쩌려고 그러나 궁금해하며 불편한 기색을 보였다.

코너도 궁금했다.

"코너, 이제 널 알 것 같아. 네가 요구하는 게 뭔지 알 것 같다."

해리가 마침내 입을 열었다.

"곧 그걸 받게 될 거야."

설리가 말했다. 설리와 앤톤은 주먹을 서로 맞부딪치며 웃었다.

코너가 곁눈으로 훑어보았지만 주위에 선생님은 보이지 않았다. 그래서 해리가 선생님들 눈을 피해 코너를 괴롭힐 수 있는 순간을 골랐다는 걸 알았다.

코너는 혼자였다.

해리는 여전히 차분한 태도로 앞으로 다가왔다.

"코너, 이게 가장 강한 일격이야. 내가 너한테 할 수 있는 최악의 행동이다."

해리가 말했다.

해리는 악수를 하자는 듯이 손을 내밀었다.

실제로 악수를 하자는 것이었다.

코너는 자기도 모르게 반사적으로 손을 내밀어 해리 손을 잡았다. 자기가 뭘 하고 있는지 생각할 겨를도 없었다. 둘은 회의를 마치고 난 사업가들처럼 손을 맞잡고 흔들었다.

"코너, 잘 있어라. 이제 네가 안 보여."

해리가 코너 눈을 들여다보며 말했다.

그러더니 코너 손을 놓고, 등을 돌려 가 버렸다. 앤톤과 설리는 더욱 어리둥절한 모습이었지만, 곧 따라서 가 버렸다.

아무도 코너를 돌아보지 않았다.

학교 식당 벽에는 커다란 디지털시계가 있었다. 1970년대에 들여놓을 때는 최신 전자 제품이었지만 지금은 코너 엄마보다도 더 나이가 많았다. 하지만 아직까지 그 자리를 지키고 있었다. 코너는 해리가 돌아보지 않고, 아무 짓도 하지 않고, 가 버리는 모습을 보고 있었다. 해리가 디지털시계 앞을 지나갔다.

점심시간은 11시 55분부터 12시 40분까지였다.
시계에서 12:06이라는 숫자가 빛났다.
해리 말이 코너 머릿속에서 울렸다.
"이제 네가 안 보여."
해리는 말한 대로 코너를 돌아보지 않고 계속 걸어가기만 했다.
"이제 네가 안 보여."
시간이 12:07로 바뀌었다.

세 번째 이야기를 할 때가 되었다.
뒤에서 몬스터가 말했다.

세 번째 이야기

옛날에 보이지 않는 사람이 있었다.

코너는 해리를 뚫어져라 쳐다보느라 돌아보지 않았지만 몬스터는 이야기를 계속했다.

그 사람은 보이지 않는다는 사실에 염증을 느꼈다.

코너는 해리의 뒤를 따라서 걷기 시작했다.

그 사람이 실제로 보이지 않았다는 말은 아니다.

몬스터는 코너를 따라 걸으며 말했다. 둘이 지나가자 식당 안에서 웅성거리던 소리가 잦아들었다.

사람들이 그 사람을 보지 않는 것에 익숙해진 것이었다.

"야!"

코너가 불렀다. 해리는 돌아보지 않았다. 설리와 앤톤도 마찬가지였다. 코너가 걸음을 빨리하자 설리와 앤톤이 킬킬거렸다.

아무도 보지 못한다면, 실제로 존재한다고 할 수 있나?

몬스터도 걸음을 빨리하며 말했다.

"야!"

코너가 큰 소리로 외쳤다.

코너와 몬스터가 해리를 뒤쫓아 달려가자, 식당 안이 조용해졌다.

해리는 여전히 뒤돌아보지 않았다.

코너는 해리에게 다가가 어깨를 잡아 몸을 돌렸다. 해리는 대체 무슨 일이냐는 듯한 표정을 지어 보였다.

"귀찮게 하지 마."

해리는 마치 설리가 한 짓인 양 설리를 노려보면서 말하고는 다시 등을 돌려 버렸다.

코너에게서 등을 돌렸다.

그러다가 어느 날 보이지 않는 사람은 결심했다. 저들이 나를 보게 만들 것이다.

몬스터의 목소리가 코너의 귓가에 쟁쟁 울렸다.

"어떻게?"

코너가 다시 숨을 씩씩거리기 시작했다. 뒤에 서 있는 몬스터를 돌아보지도 않았고, 거대한 몬스터가 식당에 나타난 것에 아이들이 어떻게 반응하는지 살피지도 않았다. 불안한 듯 속삭이는 웅성거림과 이상한 기대감이 감도는 게 느껴지긴 했다.

"어떻게 보게 했어?"

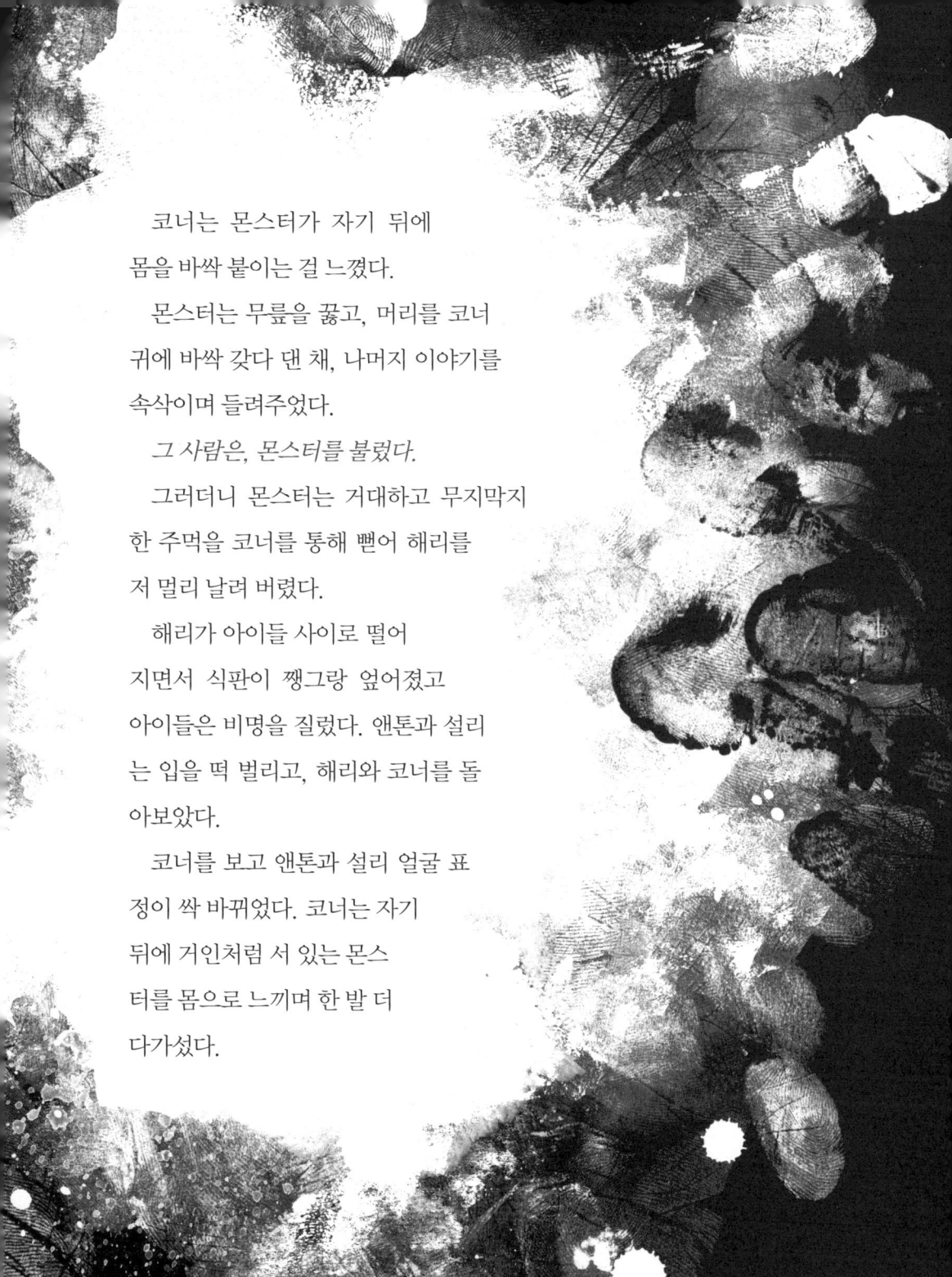

　코너는 몬스터가 자기 뒤에 몸을 바싹 붙이는 걸 느꼈다.
　몬스터는 무릎을 꿇고, 머리를 코너 귀에 바싹 갖다 댄 채, 나머지 이야기를 속삭이며 들려주었다.
　그 사람은, 몬스터를 불렀다.
　그러더니 몬스터는 거대하고 무지막지한 주먹을 코너를 통해 뻗어 해리를 저 멀리 날려 버렸다.
　해리가 아이들 사이로 떨어지면서 식판이 쨍그랑 엎어졌고 아이들은 비명을 질렀다. 앤톤과 설리는 입을 떡 벌리고, 해리와 코너를 돌아보았다.
　코너를 보고 앤톤과 설리 얼굴 표정이 싹 바뀌었다. 코너는 자기 뒤에 거인처럼 서 있는 몬스터를 몸으로 느끼며 한 발 더 다가섰다.

앤톤과 설리는 돌아서서 달아났다.
"코너, 지금 뭐하는 거야?"
해리는 쓰러지면서 부딪친 이마에 손을 가져다 대고 바닥에서 몸을 일으키며 말했다. 해리가 손을 떼자, 피가 보였고 몇몇 아이들이 소리를 질렀다.

코너는 계속 앞으로 걸어갔고 아이들이 얼른 뒤로 물러섰다. 몬스터가 코너와 한 발 한 발 발을 맞추어

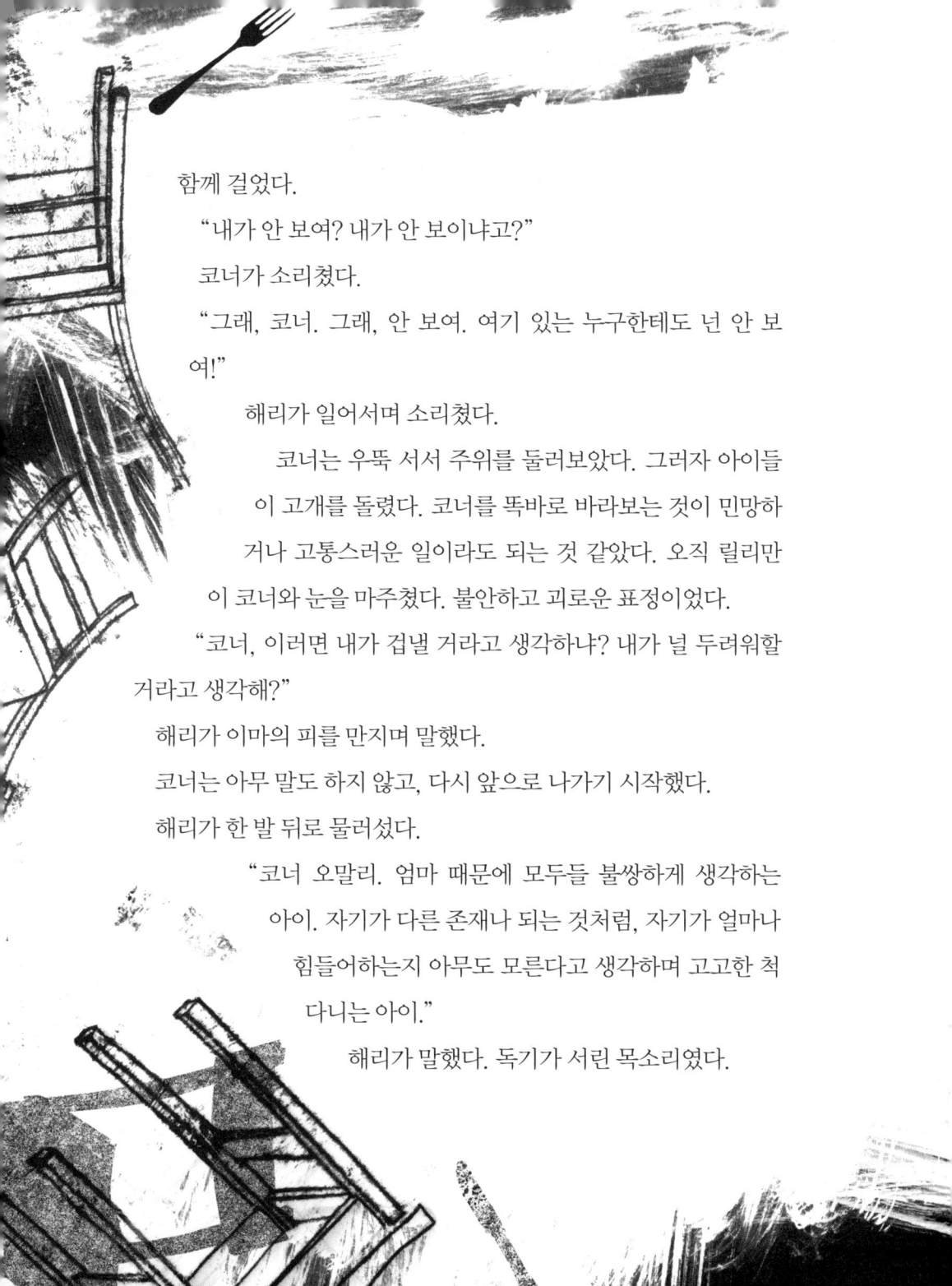

함께 걸었다.

"내가 안 보여? 내가 안 보이냐고?"

코너가 소리쳤다.

"그래, 코너. 그래, 안 보여. 여기 있는 누구한테도 넌 안 보여!"

해리가 일어서며 소리쳤다.

코너는 우뚝 서서 주위를 둘러보았다. 그러자 아이들이 고개를 돌렸다. 코너를 똑바로 바라보는 것이 민망하거나 고통스러운 일이라도 되는 것 같았다. 오직 릴리만이 코너와 눈을 마주쳤다. 불안하고 괴로운 표정이었다.

"코너, 이러면 내가 겁낼 거라고 생각하냐? 내가 널 두려워할 거라고 생각해?"

해리가 이마의 피를 만지며 말했다.

코너는 아무 말도 하지 않고, 다시 앞으로 나가기 시작했다.

해리가 한 발 뒤로 물러섰다.

"코너 오말리. 엄마 때문에 모두들 불쌍하게 생각하는 아이. 자기가 다른 존재나 되는 것처럼, 자기가 얼마나 힘들어하는지 아무도 모른다고 생각하며 고고한 척 다니는 아이."

해리가 말했다. 독기가 서린 목소리였다.

코너는 계속 걸었다. 거의 다 왔다.

"벌을 받고 싶어 하는 코너 오말리. 벌을 받아야 하는 코너 오말리. 대체 무엇 때문이야? 네가 감추고 있는 끔찍한 비밀이 대체 뭐야?"

해리가 코너 눈을 바라보며 한 걸음 물러서서 말했다.

"입 닥쳐."

코너가 말했다.

코너는 몬스터가 자기와 같이 그 말을 내뱉는 것을 들었다.

해리는 한 걸음 더 물러섰다. 하지만 창문에 닿아 물러설 곳이 없었다. 학교 전체가 숨을 죽이고, 코너가 어떻게 하려는지 보고 있는 것 같았다. 바깥쪽에서 선생님 한두 명이 부르는 소리가 들렸다. 무슨 일이 벌어지고 있는지 마침내 알아차린 모양이었다.

"코너, 하지만 내가 널 보면 뭐가 보이는지 알아?"

해리가 말했다.

코너는 주먹을 불끈 쥐었다.

해리는 눈을 부릅뜨며 몸을 앞으로 숙였다.

"아무것도 안 보여."

해리가 말했다.

코너는 뒤돌아보지 않고 몬스터에게 물었다.

"보이지 않는 사람을 어떻게 도와줬어?"

그때 몬스터의 목소리가 다시 들렸다. 마치 자기 머릿속에서 울리는 것 같았다.

그들이 보게 만들었다.

몬스터가 말했다.

코너는 주먹을 더 세게 쥐었다.

그때 몬스터는 해리가 코너를 보게 만들려고 앞으로 달려들었다.

벌

 "대체 무슨 말을 해야 할지 모르겠다. 코너, 너한테 대체 뭐라 말해야 하지?"
 교장 선생님이 몹시 화를 내며 머리를 흔들었다.
 코너는 양탄자에 눈길을 고정했다. 쏟아진 포도주 색깔이었다. 콴 선생님도 거기 있었다. 코너가 달아나지 못하게 하려는 듯, 코너 뒤에 버티고 앉아 있었다. 교장 선생님이 몸을 앞으로 숙이는 게 느껴졌다. 교장 선생님은 콴 선생님보다도 나이가 더 많았다. 그리고 두 배쯤 더 무서웠다.
 "코너, 네가 해리를 입원시켰다."
 교장 선생님이 말했다.
 "팔이 부러지고, 코뼈도 부러지고, 치아는 다시 전처럼 예쁘게 되지 않을 것 같구나. 해리 부모님이 학교와 널 경찰에 고소한다고 으름장을 놨어."
 그 말에 코너가 고개를 들었다.
 "코너, 해리 부모님이 좀 흥분한 상태다. 그럴 만도 하지. 하지만 해리 부모님께 사정을 설명했어. 해리가 널 죽 괴롭혀 왔다는 것과 네 상황이…… 특별하다는 걸."

콴 선생님이 뒤에서 말했다.

코너는 그 말에 움찔했다.

"사실 해리가 괴롭혔다는 말에 겁을 먹고 물러섰지. 다른 아이를 괴롭혔다는 기록이 남으면 대학 진학에 도움이 안 될 테니까."

콴 선생님이 비웃음 담긴 목소리로 말했다.

"그게 중요한 게 아니에요!"

교장 선생님이 말했다. 목소리가 어찌나 큰지 코너와 콴 선생님 둘 다 깜짝 놀랐다.

"어떻게 된 건지 이해조차 안 돼요. 어린애 혼자서 어떻게 그렇게 큰 상해를 입혔는지 난 알 수가 없어요."

교장 선생님은 자기 책상 위에 놓인 서류를 들여다보았다. 그 일을 본 다른 선생님과 학생들의 진술을 적은 글인 것 같았다.

코너는 몬스터가 해리에게 어떻게 했는지를 자기 손으로 느꼈다. 몬스터가 해리의 셔츠를 잡았을 때, 코너는 자기 손으로 그 감촉을 느꼈다. 몬스터가 주먹을 날렸을 때 코너는 자기 손에서 통증을 느꼈다. 몬스터가 해리 팔을 등 뒤로 꺾었을 때 코너는 해리의 근육이 저항하는 걸 느꼈다.

저항했지만 이기지 못하는 것을.

어린애가 어떻게 몬스터를 이기겠는가?

코너는 아이들이 소리를 지르고 달아나던 걸 기억했다. 다른 아이들이 선생님을 데리러 달려가던 걸 기억했다. 몬스터가 보이지 않는 사람을 위해 어떻게 했는가 하는 이야기를 들려주는 동안, 코너는 자기를 둘러싼 아이들의 원이 점점 더 넓어졌던 걸 기억했다.

이제는 보이겠지.

몬스터는 해리를 두들겨 패며 계속 말했다.

이제는 보일 거야.

어느 순간이 되자 해리가 저항을 포기했다. 몬스터의 주먹이 너무 세고 너무 빨리 마구 쏟아져서, 해리는 몬스터에게 멈춰 달라고 빌기 시작했다.

이제는 보이겠지.

몬스터가 말하며, 마침내 손을 내렸다. 거대한 나뭇가지 주먹이 천둥소리처럼 단단히 쥐어졌다.

몬스터가 코너를 돌아보았다.

그렇지만 눈에 보이지 않는 것보다 더 힘든 일이 있다.

몬스터가 말했다.

그러고는 덜덜 떨며 피를 흘리는 해리 위에 코너를 혼자 남겨 두고 사라졌다.

식당 안에 있는 사람들 모두가 코너를 보고 있었다. 모든 사람들이 코너를 볼 수 있었다. 모든 눈이 코너를 지켜보고 있었다. 이렇게 많은 아이들이 있는데, 너무 고요했다. 선생님들이 달려오기 전까지 한동안 정적이 흘렀다. 이 아이들은 그러는 동안 어디에 있었던 걸까? 몬스터가 무슨 일이 벌어지는지 아이들이 보지 못하게 만들었던 걸까? 아니면 정말 너무나 순식간에 일어난 일이었을까? 열린 창문으로 바람이 불어오는 소리가 들렸다. 바람은 마룻바닥에 작고 뾰족한 잎 몇 점을 떨구었다.

그때 어른 손이 코너를 붙잡아 끌고 갔다.

"할 얘기가 있으면 해 봐라."

교장 선생님이 말했다.

코너는 어깨를 으쓱했다.

"그것으로는 대답이 안 된다. 해리는 심하게 다쳤어."

"제가 한 일이 아니에요."

코너가 웅얼거렸다.

"그럼 누가 그랬다는 거냐?"

교장 선생님이 날카롭게 말했다.

"제가 아니었어요. 몬스터가 한 짓이에요."

코너가 좀 더 또렷하게 말했다.

"몬스터라고."

교장 선생님이 말했다.

"전 해리한테 손도 대지 않았어요."

교장 선생님은 엄지손가락과 집게손가락으로 턱을 괴고 팔꿈치를 책상에 올렸다. 그러더니 콴 선생님을 돌아보았다.

"코너, 식당에 있던 아이들 모두 네가 해리를 때리는 걸 봤어."

콴 선생님이 말했다.

"네가 해리를 넘어뜨리고, 식탁 위로 밀어 던지고, 해리 머리를 바닥에 쾅쾅 찧는 걸 봤어. 네가 널 안 본다고 소리치는 걸 들었고. 이제는 보일 거라고 말하는 것도."

콴 선생님이 몸을 앞으로 숙였다.

코너는 천천히 손을 움직여 봤다. 외할머니 거실을 부수고 났을 때처럼 욱신거렸다.

"네가 얼마나 화가 날지 이해한다. 사실 아직까지도 네 부모님이나 보호자 누구와도 연락이 닿질 않았다."

콴 선생님이 아주 약간 누그러진 목소리로 말했다.

"아빠는 미국으로 돌아가셨어요."

코너가 말했다.

"외할머니는 엄마를 깨우지 않으려고 휴대 전화 소리를 안 나게 해 놓으셨고요. 하지만 외할머니가 번호를 보고 전화를 거실 거예요."

코너는 자기 손등을 긁었다.

교장 선생님은 의자에 푹 꺼지듯 주저앉았다.

"교칙에 따르면 즉각 퇴학이다."

교장 선생님이 말했다.

코너는 가슴이 덜컹하는 걸 느꼈다. 엄청난 무게 때문에 온몸이 축 처지는 느낌이었다.

그때 코너는 몸이 축 처지는 느낌은 사실 자기를 짓누르던 무게가 덜어졌기 때문이라는 걸 깨달았다.

깨달음과 안도감이 몰려왔다. 그 느낌이 얼마나 컸던지 바로 교장실 안, 그 자리에서 엉엉 울고 싶은 심정이었다.

벌을 받을 것이다. 드디어 벌을 받게 되었다. 이제 모든 게 제대로 되었다. 교장 선생님이 코너를 퇴학시킬 것이다.

벌을 받게 되었다.

감사합니다. 감사합니다.

"하지만 어떻게 그럴 수가 있겠어?"

교장 선생님이 말했다.

코너는 몸이 얼어붙었다.

"그런 짓을 하고도 나 자신을 선생이라 부를 수 있을까?"

교장 선생님이 말했다.

"네가 겪고 있는 일을 생각하면……."

교장 선생님이 얼굴을 찡그렸다.

"우리가 해리에 대해 아는 걸 생각하면 말이야."

교장 선생님은 머리를 살짝 흔들었다.

"코너, 언젠가 이 일에 대해 이야기할 수 있을 날이 올 거다. 틀림없이 그럴 거다. 날 믿어라."

교장 선생님은 책상에 놓인 서류를 모으기 시작했다.

"하지만 오늘은 날이 아니다. 생각해야 할 더 큰 일들이 있을 테니까."

교장 선생님이 코너를 마지막으로 바라보았.

끝났다는 걸 깨닫기까지 시간이 약간 걸렸다. 그걸로 끝이라는 걸. 더 이상 아무것도 없다는 걸.

"벌 안 주실 거예요?"
코너가 말했다.
교장 선생님이 어두운 얼굴로 웃음을 지어 보였다. 다정하게 여겨질 지경이었다. 그러더니 아빠가 한 말하고 아주 비슷한 말을 했다.
"그게 무슨 소용이 있겠니?"

콴 선생님이 코너를 교실로 데려다 주었다. 가는 길에 복도에서 마주친 학생 둘은 코너가 지나가자 복도 쪽으로 물러섰다.
코너가 교실 문을 열자 교실이 조용해졌다. 코너가 자기 책상으로 가는 동안 콴 선생님을 포함해서 그 누구도 아무 말 하지 않았다. 코너 옆 책상에 앉은 릴리가 무언가를 말하려는 듯 코너를 바라보았다. 그렇지만 아무 말도 하지 않았다.
그날 온종일 아무도 코너에게 말을 걸지 않았다.
보이지 않는 것보다 더 힘든 일이 있다.

몬스터가 한 말이 옳았다.
코너는 더 이상 안 보이지 않았다. 이제 모두 코너를 의식했다.
그렇지만 코너는 전보다 더 사람들에게서 멀어져 있었다.

쪽지

며칠이 지났다. 그리고 또 며칠이 지났다. 정확히 며칠이 지났는지 알 수 없었다. 코너에게는 그냥 길고 암울한 날들처럼 느껴졌다. 아침에 일어나 방 밖으로 나와도 외할머니는 코너에게 아무 말 하지 않았다. 교장 선생님 전화에 대해서도 아무 말 없었다. 학교에 가도 아무도 말을 걸지 않았다. 병원에 엄마를 보러 가도 엄마는 너무 지쳐서 말을 할 수가 없었다. 아빠가 전화를 걸곤 했지만 아무 할 말이 없었다.

해리를 때린 날 이후로 몬스터는 코빼기도 보이지 않았다. 이제 코너가 답으로 이야기를 해 주어야 할 차례가 되었는데도 말이다. 밤마다 코너는 기다렸다. 몬스터는 오지 않았다. 코너가 어떤 이야기를 해야 할지 모른다는 사실을 알기 때문에 오지 않는 것일 수도 있었다. 아니면 코너가 알면서도 거부하리라는 것을 알거나.

결국 코너는 잠이 들었고, 어김없이 악몽이 찾아왔다. 이제는 잘 때마다 악몽을 꾸었다. 전보다 더 심해졌다. 어떻게 더 심해질 수 있는지 몰라도 코너는 하룻밤에 서너 번씩 소리를 지르며 깨곤 했다. 한 번은 어찌나 심했는지 외할머니가 무슨 일이 일어났나 하고 와서 방문을 두드리기도 했다.

하지만 외할머니는 방에 들어오지 않았다.

주말이 왔고 병원에서 주말을 보냈다. 엄마의 새 약은 아직 효과가 나타나지 않았고 그러는 동안 엄마는 폐렴에 걸렸다. 통증이 더 심해졌고 엄마는 늘 진통제 때문에 잠에 취해 있거나 깨어 있더라도 정신이 몽롱했다. 외할머니는 엄마가 그럴 때면 코너를 병실 밖으로 내보냈다. 코너는 병원에서 돌아다니는 일에 하도 익숙해져서 한번은 길 잃은 노인을 엑스레이실로 안내해 주기도 했다.

릴리와 엄마도 주말에 문병을 왔다. 하지만 코너는 릴리가 와 있는 동안 자리를 피해 매점에서 잡지를 보고 있었다.

그리고 신기하게도 다시 학교에 왔다. 믿어지지 않는 일이지만 나머지 세상에서는 시간이 계속 흘렀다.

기다리고 있지 않은 나머지 세상에서는…….

말 선생님이 생활 글 숙제를 돌려주었다. 그러니까 '생활'이 있는 아이들에게만. 코너는 그저 책상에 앉아서 손으로 턱을 괴고 시계만 보고 있었다. 12시 7분이 되려면 2시간 반이 남았다. 그 시각이 된다고 해도 달라질 건 없었다. 이제는 몬스터가 영영 나타나지 않을 것 같은 느낌이 들기 시작했다.

코너와 이야기하지 않으려고 하는 이가 하나 더 늘어난 셈이다.

"야."

코너 주위에서 누가 속삭이는 소리가 들렸다. 누가 놀리려고 하는 게 분명했다. 코너 오말리 좀 봐라, 저기 등신처럼 앉아 있네. 제정신이 아니야.

"야."

다시 소리가 들렸다. 더 간절하게 부르는 목소리였다.

코너는 누군가가 소리를 낮춰 자기를 부르고 있다는 걸 깨달았다.

릴리가 통로 건너편에 앉아 있었다. 둘이 같이 학교를 다닌 몇 년 동안 릴리는 항상 그 자리에 있었다. 릴리는 말 선생님을 한 눈으로 보면서 몰래 손가락 끝으로 쪽지를 건넸다.

코너에게 보내는 쪽지였다.

"받아."

릴리는 쪽지를 흔들며 소리 죽여 말했다.

코너는 말 선생님이 이쪽을 보지 않나 돌아봤지만 말 선생님은 설리의 생활 글이 곤충과 결합한 어떤 슈퍼 영웅 이야기와 지나치게 많이 닮았다는 사실에 실망감을 표하느라 바빴다. 코너는 통로 쪽으로 손을 뻗어 쪽지를 받았다.

수백 번쯤 접었는지 쪽지를 펼치는 게 매듭을 푸는 것만큼 어려웠다. 코너는 짜증 섞인 눈으로 릴리를 보았지만 릴리는 선생님을 보는 척하고 있었다.

   코너는 책상 위에 쪽지를 펼치고 읽었다. 수도 없이 접었지만 안에는 달랑 네 줄만 적혀 있었다.

   단 네 줄에,

   세상이 고요해졌다.

   다른 애들한테 네 엄마 이야기 해서 미안해.
   다시 친구가 되고 싶어.
   너 괜찮니?
   나는 네가 보여.

   '나는' 이라는 말에 밑줄이 수백 번 그어져 있었다.
   코너는 쪽지를 읽고 또 읽었다.
   코너는 릴리를 돌아보았다. 릴리는 말 선생님한테 엄청나게 칭찬을 받는 중이었지만, 릴리 얼굴이 빨갛게 물든 것은 말 선생님의 칭찬 때문만은 아니라는 걸 코너는 알 수 있었다.
   말 선생님은 코너 옆을 가볍게 지나 다른 자리로 갔다.
   말 선생님이 가자, 릴리가 코너를 돌아보았다. 코너 눈을 똑바로 보았다.
   릴리 말이 옳았다. 릴리는 코너를 보았다. 정말로 보았다.

코너는 입을 열기 전에 침을 삼켜야 했다.

"릴리……."

코너가 막 말을 하려는 순간 교실 문이 열리고 서무 선생님이 들어왔다. 말 선생님에게 손짓을 하더니 뭐라고 속삭였다.

두 선생님이 같이 코너를 돌아보았다.

백 년

코너 외할머니는 엄마의 병실 문 앞에서 걸음을 멈췄다.

"외할머니, 안 들어가세요?"

코너가 물었다.

외할머니가 고개를 저었다.

"나는 대기실에 있으마."

외할머니는 코너 혼자 병실에 들여보냈다.

병실 안에서 뭐가 기다리고 있을지 생각하니 속이 쓰렸다. 전에는 학교에서 한 번도 수업 중에 이렇게 불려 나온 적이 없었다. 작년 부활절 엄마가 병원에 입원했을 때도 그런 일은 없었다.

머릿속에 질문들이 마구 떠올랐다.

코너는 그 질문들을 떨쳐 버렸다.

최악의 사태를 두려워하며 문을 밀었다.

하지만 엄마는 깨어 있었다. 침대 머리 쪽을 세워서 기대 앉아 있었다. 그뿐만 아니라 엄마는 웃고 있었다. 한순간 코너 가슴이 벌렁거렸다.

'치료가 효과가 있었구나. 주목이 엄마를 낫게 해 줬구나. 몬스터가 그렇게 한 거야.'

그런데 그때 엄마의 웃음이 눈빛과 어울리지 않는다는 생각이 들었다. 엄마는 코너를 보고 반가운 기색을 보였지만 겁에 질려 있기도 했다. 슬퍼 보이기도 했다. 그리고 이전 어느 때보다도 더 피곤해 보였다. 코너는 뭔가를 직감할 수 있었다.

사실 엄마가 조금 나아졌다고 해서 학교에 급히 부르러 오지는 않았을 것이다.

"안녕, 아들."

엄마가 말했다. 엄마가 입을 열자, 엄마 눈에 눈물이 고였고 목멘 소리가 났다.

코너는 천천히 아주아주 화가 났다.

"이리 와라."

엄마가 옆 침대보를 두드리며 말했다.

그러나 코너는 거기 앉지 않고 침대 옆 의자에 털썩 주저앉았다.

"아가, 잘 지냈니?"

엄마가 물었다. 엄마 목소리는 힘이 없었고 숨소리는 어제보다도 더 떨렸다. 오늘은 엄마 몸에 끼워진 관이 전보다 더 많아진 것 같았다. 약과 산소와 또 뭐가 들어가는 걸까? 스카프를 두르지 않은 엄마 머리는 병실 형광등 불빛 속에서 하얗게 반들거렸다. 코너는 엄마 머리가 얼마나 연약한지 아무도 보지 못하게 뭔가로 머리를 덮어 보호해 주고 싶은 충동을 억누르기 힘들었다.

"무슨 일이에요? 왜 외할머니가 학교로 데리러 오신 거예요?"

코너가 물었다.

"네가 보고 싶어서……. 모르핀이 엄마를 자꾸 꿈나라로 데리고 가니 나중에는 볼 기회가 있을지 알 수 없어서 말이야."

엄마가 말했다.

코너는 팔짱을 단단히 끼었다.

"저녁 때 깨어 계실 때도 있잖아요. 오늘 밤에 봐도 되는데요?"

코너는 자기가 엄마에게 질문을 하고 있다는 걸 알았다. 엄마도 그 사실을 알고 있고, 입을 열어 질문에 답해 주려 한다는 것도 알 수 있었다.

"코너, 지금 널 보고 싶었어."

엄마가 말했다. 이번에도 엄마 목이 메었고 눈물이 고였다.

"중요한 이야기가 있는 거죠?"

코너 목소리는 의도했던 것보다 훨씬 날카롭게 나왔다.

"바로 그……."

코너는 말을 맺지 못했다.

"날 봐라, 아들."

바닥을 보고 있는 코너에게 엄마가 말했다. 코너는 천천히 고개를 들어 엄마를 봤다. 엄마는 정말 지친 웃음을 짓고 있었다. 엄마 머리가 얼마나 깊이 베개 속에 묻혀 있는지 눈에 들어왔다. 머리를 들 기운도 없는 것 같았다. 코너는 침대 머리 쪽을 올려야만 엄마가 코너를 볼 수 있다는 사실을 깨달았다.

엄마는 입을 열기 위해 깊이 숨을 들이마셨고 그러다가 끔찍하고 괴로운 기침 발작을 일으켰다. 엄마가 마침내 다시 말을 할 수 있기까지 한참이 걸렸다.

"오늘 아침에 의사하고 이야기를 했어. 새 약이 효과가 없다고 하네."

엄마가 힘없는 목소리로 말했다.

"주목으로 만든 약 말이에요?"

"그래."

코너가 얼굴을 찡그렸다.

"어떻게 효과가 없을 수가 있어요?"

엄마가 침을 삼켰다.

"병이 너무 빨리 진행되었어. 그건 워낙 실낱 같은 희망이었고. 게다가 폐렴이 시작되어서……."

"하지만 그게 어떻게 효과가 없을 수가 있어요?"

코너는 다시 말했다. 마치 다른 누군가에게 묻고 있는 것 같았다.

"그래. 날마다 주목을 보면서, 최악의 상황이 되었을 때 나를 도와

줄 친구가 거기 있는 것 같은 생각이 들었어."

엄마는 여전히 슬픈 미소를 띤 채로 말했다.

코너는 여전히 팔짱을 풀지 않았다.

"하지만 도와주지 않았잖아요."

엄마가 살짝 고개를 끄덕였다. 엄마 얼굴에는 걱정이 서려 있었는데, 코너에 대한 걱정이라는 걸 알 수 있었다.

"그럼 이제 어떻게 돼요? 다음 치료는 뭐예요?"

코너가 물었다.

엄마는 대답하지 않았다. 침묵이 대답이 되었다.

그래도 코너는 그 말을 입 밖에 내었다.

"다른 치료법이 없는 거예요?"

"미안하다. 살면서 이렇게 미안했던 적이 없구나."

엄마가 말했다. 여전히 웃고 있었지만 눈에서 눈물이 흘러넘쳤다.

코너는 다시 바닥을 내려다보았다. 숨을 쉴 수가 없었다. 악몽이 코너 몸에서 숨을 짜내어 가는 것 같았다.

"효과가 있을 거라고 했잖아요."

말이 목에 걸렸다.

"그래."

"그렇게 말했잖아요. 낫게 할 거라고 믿는다고요."

"그래."

"거짓말이었어요. 내내 거짓말을 하고 계셨던 거예요."

코너가 엄마를 올려다보며 말했다.

"정말로 낫게 해 줄 거라고 믿었어. 이렇게 오래 버틴 게 그 덕분이었을지도 모르겠다. 네가 믿게 하려고 나도 믿었던 거 말이야."

엄마가 말했다.

엄마가 코너 손을 잡았지만 코너가 손을 뺐다.

"거짓말이었어요."

코너가 다시 말했다.

"내 생각에, 네 마음 깊은 곳에서, 너도 알았을 것 같다. 그렇지 않니?"

코너는 대답하지 않았다.

"화를 내도 괜찮아, 아가."

엄마가 말했다.

"정말, 정말 괜찮아."

엄마가 작은 소리로 한숨을 내쉬었다.

"나도 너한테 솔직히 말하려니 정말 화가 난다. 그렇지만 네가 이걸 알았으면 해, 코너. 정말 중요하니까 내 말 들어. 듣고 있니?"

엄마가 다시 손을 뻗었다. 잠시 뒤, 코너는 엄마에게 손을 내주었다. 하지만 엄마의 손힘은 아주아주 약했다.

"필요한 만큼 화를 내도 돼. 아무도 너한테 그러면 안 된다고 할 수 없어. 외할머니도, 네 아빠도, 그 누구도. 뭔가를 부숴야 한다면, 부디 제대로 속 시원히 부숴라."

엄마가 말했다.

코너는 엄마를 바라볼 수가 없었다. 도저히 그럴 수가 없었다.

"그리고 만약에 언젠가, 이때를 돌아보고 화를 냈던 것에 대해 후회가 들더라도, 엄마한테 너무 화가 나서 엄마랑 이야기하지 않으려고 했던 게 후회가 되더라도, 이걸 알아야 한다, 코너. 그래도 괜찮았다는 걸 말이야. 정말 괜찮았다는 걸. 엄마가 알았다는 걸. 엄마는 안다, 알겠니? 네가 아무 말 하지 않더라도, 엄마는 네가 무슨 말을 하고 싶은지 다 알아. 알겠지?"

엄마는 이제 줄줄 울고 있었다.

코너는 그래도 엄마를 볼 수가 없었다. 고개를 들 수도 없었다. 고개가 천근만근이었다. 코너는 몸 가운데가 꺾인 것처럼 반으로 구부러져 있었다.

그렇지만 코너는 고개를 끄덕였다.

코너는 엄마가 쌕쌕거리는 숨을 길게 내쉬는 소리를 들었다. 그런데 그 숨소리에서 피로와 함께 안도감이 느껴졌다.

"미안하다, 아들. 진통제가 좀 더 필요하겠다."

엄마가 말했다.

코너는 엄마 손을 놓았다. 엄마는 손을 뻗어 병원에서 준 기계 버튼을 눌렀다. 몸에 들어가면 깨어 있지도 못할 정도로 강력한 진통제를 넣는 기계였다. 약을 넣고 나서 엄마는 다시 코너 손을 잡았다.

"나한테 백 년이 있었으면 좋겠다. 너한테 줄 수 있는 백 년이."

엄마가 아주 차분한 목소리로 말했다.

코너는 대답하지 않았다. 몇 초 뒤 약 때문에 엄마가 잠이 들었으니, 대답할 필요도 없었다.

엄마와 코너는 결국 그 이야기를 했다.

이제 더 이상 아무 할 말이 없었다.

"코너?"

외할머니가 잠시 뒤 문 안으로 고개를 들이밀며 말했다. 얼마나 오랜 시간이 지났는지 알 수 없었다.

"집에 가고 싶어요."

코너가 조용히 말했다.

"코너……."

"우리 집이요. 주목이 있는 집이요."

코너가 고개를 들었다. 붉어진 눈에는 슬픔, 부끄러움, 분노가 가득했다.

네가 대체 무슨 쓸모가 있어?

"코너, 난 병원으로 돌아가야 한다. 네 엄마를 그런 상태로 혼자 둘 수는 없어. 대체 뭐 그렇게 중요한 일이 있어서 그러니?"

외할머니가 코너를 집에 내려 주며 말했다.

"해야 할 일이 있어요."

코너는 갓난아이 때부터 살아온 자기 집을 바라보며 말했다. 집을 떠난 지 별로 오래되지 않았는데도 텅 비고 낯설어 보였다.

코너는 다시 이 집에 살 수 없을지도 모른다는 걸 깨달았다.

"한 시간 뒤에 데리러 올게. 저녁은 병원에서 먹을 거야."

외할머니가 말했다.

코너는 듣고 있지 않았다. 차 문을 닫아 버렸다.

"한 시간이다. 오늘 밤은 병원에서 보내야 할 거야."

외할머니가 닫힌 문 안에서 코너를 불렀다.

코너는 자기 집 앞 계단을 올라가고 있었다.

"코너?"

외할머니가 뒤에서 불렀다. 하지만 코너는 돌아보지 않았다.

외할머니가 차를 몰고 나가는 소리도 귀에 들어오지 않았다.

집 안에서 먼지와 곰팡이 냄새가 났다. 코너는 현관문을 닫을 생각도 하지 않았다. 바로 부엌으로 가서 창밖을 내다보았다.
언덕 위에 교회가 있었다. 주목이 교회 묘지를 지키며 서 있었다.
코너는 뒷마당으로 나갔다. 여름이면 엄마가 앉아서 핌스 칵테일을 마시곤 하던 정원 탁자를 넘고 뒤쪽 울타리를 넘었다. 아주아주 어렸을 때 울타리를 넘다가 아빠한테 혼난 뒤로는 한 번도 하지 않은 일이었다. 코너는 기찻길 옆 철조망에 오래전부터 뚫려 있던 구멍으로 빠져나갔다. 웃옷이 찢어졌지만 신경 쓰지 않았다.
코너는 기차가 오는지 안 오는지 돌아보지도 않고 기찻길을 건너고, 울타리를 넘어, 교회로 올라가는 언덕 아래에 섰다. 그러고는 교회를 둘러싼 낮은 돌담을 넘어 묘비들 사이로 언덕을 올랐다. 코너는 오르는 내내 주목에서 시선을 떼지 않았다.
그러는 동안 주목은 그대로 나무였다.
코너는 달리기 시작했다.
"일어나!"
코너는 나무까지 가기도 전에 소리부터 질렀다.
"일어나!"
코너는 나무 밑동에 발길질을 하기 시작했다.

"일어나라고 했잖아! 지금이 몇 시든 상관없어!"

코너는 다시 찼다.

더 세게.

한 번 더.

그러자 나무가 쓱 옆으로 비켜섰다. 어찌나 빨랐던지 코너는 중심을 잃고 넘어졌다.

계속 그러다가 네가 다친다.

몬스터가 코너 머리 위에 나타나며 말했다.

"효과가 없었어! 네가 주목이 낫게 해 줄 거라고 했잖아!"

코너가 벌떡 일어나며 소리쳤다.

나는 네 엄마가 나을 수 있다면 주목이 낫게 할 것이라고 말했다. 네 엄마가 나을 수 없는 것 같구나.

몬스터가 말했다.

코너 가슴속에서 분노가 더욱 치솟아 올랐다. 가슴속에서 심장이 마구 요동쳤다. 코너는 몬스터 다리에 달려들어 주먹으로 나무껍질을 마구 쳤다. 치는 순간 나무껍질에 멍이 번졌다.

"고쳐 줘! 엄마를 고치라고!"

코너.

몬스터가 말했다.

"엄마를 고칠 수 없으면 네가 대체 무슨 쓸모가 있어? 바보 같은 이야기나 하고 곤란한 지경에 빠지게 하고 다들 내가 전염병에 걸린 것처럼 보게 만들었어!"

코너가 주먹질을 하며 말했다.

몬스터가 코너를 들어 올려 공중으로 치켜들었기 때문에 코너는 말을 멈추었다.

나를 부른 사람은 너다, 코너 오말리. 그 질문들에 대한 답을 가지고 있는 것도 너다.

몬스터는 심각한 얼굴로 코너를 보며 말했다.

"내가 널 불렀다면, 엄마를 살리라고 부른 거였어! 엄마를 낫게 하려고!"

코너 얼굴은 붉게 타올랐고 코너도 모르는 사이에 분노의 눈물이 뺨을 타고 흘렀다.

몬스터의 잎이 바사삭 흔들리는 소리가 들렸다. 바람이 느리고 긴 한숨처럼 나뭇잎을 쓸고 가는 것 같았다.

나는 네 엄마를 낫게 하려고 온 게 아니다. 너를 낫게 하려고 왔다.

몬스터가 말했다.

"나를?"

몬스터의 손아귀에서 버둥거리기를 멈추고 코너가 말했다.

"나는 나을 필요가 없어. 엄마가 지금……."

하지만 코너는 그 말을 할 수가 없었다. 엄마와 그 이야기를 나누었는데도, 전부터 알았는데도, 아직도 그 말을 할 수가 없었다. 왜냐하면 아무리 그게 사실이 아니라고 믿고 싶었어도, 전부터 죽 알고 있었기 때문이다. 그렇지만 여전히 그 말을 할 수가 없었다.

그 말만은 할 수가 없었다. 엄마가…….

코너는 미친 듯 울고 있었고 숨 쉬기가 힘들었다. 자기 몸이 갈라지고 뒤틀려 열리는 것 같았다.

코너는 몬스터를 올려다보았다.

"날 도와줘."

코너가 작은 목소리로 말했다.

때가 됐다. 네 번째 이야기를 할 때가.

몬스터가 말했다.

코너는 분노로 떨며 고함을 질렀다.

"아냐! 그런 뜻이 아니야! 더 중요한 일이 벌어지고 있단 말이야!"

그래, 중요한 일이 있다.

몬스터가 말했다.

몬스터가 다른 한 손을 펼쳤다.

안개가 주위를 감쌌다.

그리고 또다시, 둘은 악몽 한가운데에 있었다.

네 번째 이야기

몬스터의 억세고 커다란 손아귀 안에 있는데도 코너는 악몽의 공포가 온몸에 스며드는 걸 느낄 수 있었다. 그 음울함이 폐를 가득 채우고 목을 조여 오기 시작했고 배 속이 점점…….

"안 돼!"

코너가 소리치며 몸을 뒤틀었지만 몬스터는 코너를 꼭 붙들었다.

"안 돼! 제발!"

언덕, 교회, 묘지가 모두 사라졌다. 해조차도 사라지고 차가운 어둠이 내리눌렀다. 엄마가 처음 병원에 입원한 뒤로 계속 코너를 쫓아온 차가운 어둠. 엄마가 치료를 받고 머리카락이 빠지기 시작하기 전보다 더 전부터, 엄마가 감기에 걸렸는데 도무지 낫지 않아 병원에 가 보았더니 감기가 아니라고 했을 때보다 더 전부터, 심지어 엄마가 요새 너무 피곤하다고 투덜거리기 시작하기 전부터, 그 모든 것보다 더 전부터, 언제나 그 악몽은 거기에 있었던 것 같았다. 코너를 쫓아오고, 둘러싸고, 베어 쓰러뜨리고, 코너를 외톨이로 만들었다.

코너는 늘 악몽 안에 있었던 것 같았다.

"나가게 해 줘! 제발!"
코너가 소리쳤다.
때가 됐다. 네 번째 이야기를 할 때가.
몬스터가 다시 말했다.
"난 아무 이야기도 몰라!"
코너가 말했다. 두려움으로 머릿속이 빙빙 돌았다.
네가 이야기하지 않으면, 내가 너 대신 해야 한다. 분명히 말해 두지만 내가 대신 이야기를 하는 게 너한테 좋지 않을 것이다.
몬스터가 코너를 자기 얼굴 가까이 올리며 말했다.
"제발, 엄마한테 돌아가야 해."
코너가 다시 말했다.
그렇지만 네 엄마는 이미 여기 와 있다.
몬스터가 어둠 속을 돌아보며 말했다.

몬스터가 느닷없이 코너를 내려놓았다. 거의 떨어뜨리듯 놓아 코너는 앞으로 고꾸라졌다.
손바닥 아래 느껴지는 차가운 땅이 익숙했다. 어둡고 속이 들여다보이지 않는 숲으로 세 면이 둘러싸인 공터도 익숙했다. 나머지 한 면, 더 깊은 어둠 속으로 이어진 벼랑도.
그리고 절벽 가장자리에 엄마가 서 있었다.

엄마는 등을 돌리고 서 있었지만 어깨 너머로 코너를 돌아보며 웃음을 지었다. 엄마는 병원에서처럼 약하게 보였지만, 말없이 코너에게 손을 흔들어 보였다.

"엄마!"

코너가 소리쳤다. 악몽이 시작할 때 늘 그렇듯이 몸이 무거워서 일으킬 수가 없었다.

"거기 있으면 안 돼요!"

엄마는 코너 말에 약간 걱정스러운 표정을 지었지만 그래도 그 자리에서 움직이지 않았다.

코너는 무거운 몸을 조금씩 겨우겨우 앞으로 끌고 갔다.

"엄마, 도망가요!"

"괜찮아. 걱정할 거 없어."

엄마가 말했다.

"엄마, 도망가요! 제발, 도망가!"

"하지만 아무……."

엄마는 말을 멈추고 무슨 소리를 들은 것처럼 벼랑 가장자리를 돌아보았다.

"안 돼."

코너는 웅얼거렸다. 코너는 몸을 앞으로 좀 더 끌고 갔지만 엄마는 너무 멀리 있었다.

너무 멀어서 제때 닿을 수가 없었고 코너 몸은 너무 무거웠다.

언덕 아래에서 낮은 소리가 울렸다. 우르릉 쿵쿵 울리는 소리였다.

뭔가 커다란 것이 아래에서 움직이고 있는 것 같았다.

이 세상보다 더 큰 것이……

그리고 그것이 벼랑을 기어오르고 있었다.

"코너?"

엄마가 코너를 돌아보며 무슨 일이냐는 듯 물었다.

하지만 코너는 알았다. 너무 늦었다는 걸.

진짜 몬스터가 오고 있었다.

"엄마!"

코너가 소리쳤다. 억지로 몸을 일으키면서, 몸을 짓누르는 보이지 않는 무게를 물리치고 외쳤다.

"엄마!"

"코너!"

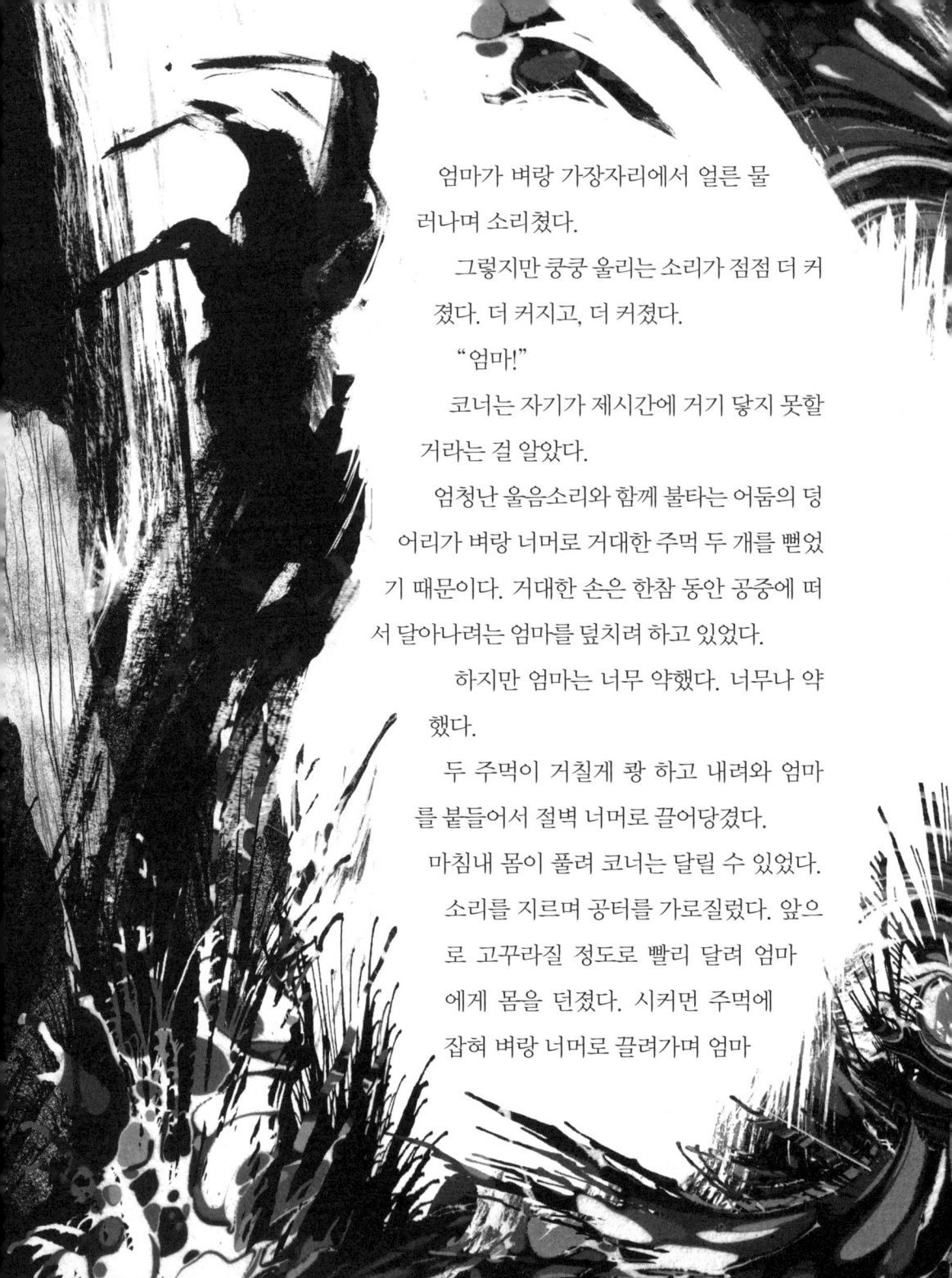

엄마가 벼랑 가장자리에서 얼른 물러나며 소리쳤다.

그렇지만 쿵쿵 울리는 소리가 점점 더 커졌다. 더 커지고, 더 커졌다.

"엄마!"

코너는 자기가 제시간에 거기 닿지 못할 거라는 걸 알았다.

엄청난 울음소리와 함께 불타는 어둠의 덩어리가 벼랑 너머로 거대한 주먹 두 개를 뻗었기 때문이다. 거대한 손은 한참 동안 공중에 떠서 달아나려는 엄마를 덮치려 하고 있었다.

하지만 엄마는 너무 약했다. 너무나 약했다.

두 주먹이 거칠게 쾅 하고 내려와 엄마를 붙들어서 절벽 너머로 끌어당겼다.

마침내 몸이 풀려 코너는 달릴 수 있었다. 소리를 지르며 공터를 가로질렀다. 앞으로 고꾸라질 정도로 빨리 달려 엄마에게 몸을 던졌다. 시커먼 주먹에 잡혀 벼랑 너머로 끌려가며 엄마

가 손을 뻗었다.

코너 손이 엄마 손을 잡았다.

이게 그 악몽이었다.

밤마다 비명을 지르며 깨게 만드는 악몽. 그게 바로 지금, 바로 여기에서 그대로 펼쳐지고 있었다.

코너는 벼랑 가장자리에서 버티며 온 힘을 다해 엄마 손을 잡고 몬스터에게 붙잡힌 엄마가 어둠 속 벼랑 너머로 끌려가지 않게 막으려 했다.

이제 몬스터의 몸 전체가 보였다.

진짜 몬스터, 정말 두려움을 불러일으키는 몬스터, 주목이 처음 나타났을 때 당연히 그 몬스터일 거라고 생각했던 몬스터. 진짜, 악몽 속의 몬스터, 구름과 재와 시커먼 불꽃으로 되어 있지만 진짜 근육, 진짜 힘, 코너를 노려보는 진짜 붉은 눈과 엄마를 산 채로 먹으려 하는 번득이는 이빨을 가진 몬스터.

'더한 것도 봤어.'

코너는 첫날 밤 주목에게 이렇게 말했다.

이게 바로 더한 것이었다.

"도와줘, 코너! 놓지 마!"

엄마가 소리쳤다.

"안 놔요! 약속해요!"

코너가 소리쳤다.

악몽 속의 몬스터가 울부짖으며 더 세게 당겼다. 두 주먹이 엄마 몸을 꽉 붙들었다.

엄마가 코너 손에서 빠져나가기 시작했다.

"안 돼!"

코너가 소리쳤다.

엄마가 공포에 질려 외쳤다.

"제발, 코너! 날 잡아 줘!"

"잡을 거예요!"

코너가 소리쳤다. 코너는 주목을 돌아보았다. 주목은 그 자리에 서서, 움직이지 않았다.

"도와줘! 엄마를 놓칠 것 같아!"

그렇지만 주목은 그냥 서서 보고만 있었다.

"코너!"

엄마가 울부짖었다.

엄마 손이 미끄러지고 있었다.

"코너!"

엄마가 다시 소리쳤다.

"엄마!"

코너가 울면서 손을 더 세게 쥐었다.

그렇지만 엄마 손은 코너 손에서 빠져나가고 있었다. 악몽 속의 몬스터가 엄마를 점점 세게 잡아당겨 엄마는 점점 더 무거워졌다.

"떨어질 것 같아!"

엄마가 소리쳤다.

"안 돼!"

코너가 울부짖었다.

코너는 엄마 무게와 엄마를 당기는 몬스터의 손힘 때문에 가슴팍까지 절벽 아래로 미끄러졌다.

엄마가 다시 비명을 질렀다.

또다시.

엄마는 너무 무거웠다. 도무지 감당하지 못할 정도였다.

"제발."

코너가 소리 죽여 말했다.

"제발."

이게 네 번째 이야기다.

뒤에서 주목의 목소리가 들렸다.

"입 닥쳐! 도와줘!"

코너가 외쳤다.

이게 코너 오말리의 진실이다.

엄마가 비명을 지르고 있었다.

엄마가 미끄러지고 있었다.

엄마를 붙들기가 너무 힘들었다.

지금이 아니면 절대 할 수 없다. 진실을 말해야 한다.

주목이 말했다.

"안 돼!"

코너가 갈라지는 목소리로 말했다.

해야만 한다.

"안 돼!"

코너가 다시 말하며 엄마 얼굴을 내려다보았다.

갑자기 진실이 다가왔다.

악몽이 가장 완벽한 순간에 다다르며…….

"안 돼!"

코너가 마지막으로 한 번 더 소리쳤다.

그리고 엄마는 떨어졌다.

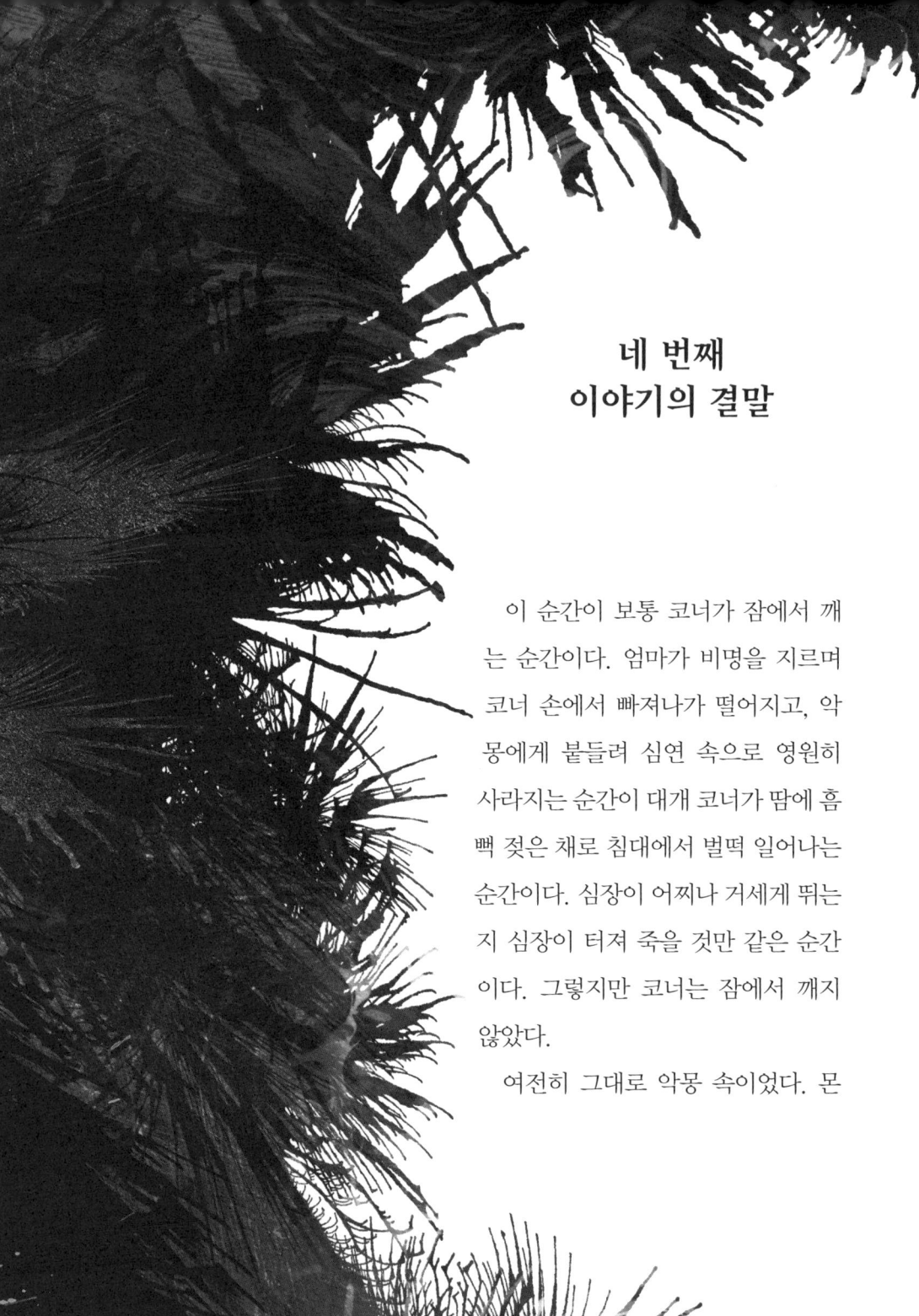

네 번째
이야기의 결말

이 순간이 보통 코너가 잠에서 깨는 순간이다. 엄마가 비명을 지르며 코너 손에서 빠져나가 떨어지고, 악몽에게 붙들려 심연 속으로 영원히 사라지는 순간이 대개 코너가 땀에 흠뻑 젖은 채로 침대에서 벌떡 일어나는 순간이다. 심장이 어찌나 거세게 뛰는지 심장이 터져 죽을 것만 같은 순간이다. 그렇지만 코너는 잠에서 깨지 않았다.

여전히 그대로 악몽 속이었다. 몬

스터가 뒤에 서 있었다.

아직 이야기가 끝나지 않았다.

몬스터가 말했다.

"여기서 나가게 해 줘. 엄마를 봐야 해."

코너가 덜덜 떨리는 몸을 일으키며 말했다.

엄마는 이제 여기 없다, 코너. 네가 엄마를 놓았다.

몬스터가 말했다.

"이건 꿈일 뿐이야. 진실이 아니야."

코너가 헐떡이며 말했다.

이게 진실이다. 너도 그 사실을 안다. 네가 엄마를 놓았다.

몬스터가 말했다.

"엄마가 떨어졌어. 더 이상 엄마를 붙들 수가 없었어. 너무 무거웠어."

코너가 말했다.

그래서 네가 엄마를 보냈다.

"떨어진 거야!"

코너가 말했다. 목소리가 발악하듯 커졌다. 엄마를 데려간 어둠과 재가 연기를 덩굴손처럼 뻗치며 벼랑을 타고 다시 올라왔다. 코너는 그 연기를 마시지 않을 수가 없었다. 연기가 공기처럼 코와 입으로 들어와 온몸을 채우고 숨길을 막았다. 숨 쉬기조차 힘들었다.

네가 엄마를 놓았다.

몬스터가 말했다.

"놓지 않았어! 엄마가 떨어졌어!"

코너가 갈라진 목소리로 말했다.

진실을 말하지 않으면 악몽에서 벗어날 수 없다. 평생 이곳에 갇혀 살아야 한다.

몬스터가 코너 위에 압도하듯 우뚝 섰다. 지금까지 들어 보지 못한 무시무시한 목소리였다.

"제발 가게 해 줘!"

코너가 뒤로 물러서며 소리쳤다. 코너는 시커먼 덩굴손이 자기 다리를 감싸는 걸 보며 공포의 비명을 질렀다. 덩굴손이 코너를 쓰러뜨리고 팔까지 친친 휘감기 시작했다.

"도와줘!"

진실을 말해! 진실을 말하지 않으면 여기 영원히 있어야 한다.

몬스터가 준엄하고 무서운 목소리로 말했다.

"어떤 진실! 네가 무슨 말을 하는지 모르겠어!"

코너가 미친 듯이 덩굴손과 싸우며 외쳤다.

몬스터의 얼굴이 어둠 속에서 갑자기 튀어나와 코너의 코앞까지 다가왔다.

너는 안다.

몬스터가 나지막하고 위협적인 목소리로 말했다.

갑자기 정적이 감돌았다.

왜냐하면 코너가 알기 때문이었다.

언제나 알았다.

진실을.

진짜 진실을. 악몽을 통해 안 진실을.

"아니."

코너가 조용히 말했다. 시커먼 것이 코너 목을 감싸기 시작했다.

"안 돼, 못 해."

해야 한다.

"못 해."

코너가 다시 말했다.

할 수 있다.

몬스터가 말했다. 그런데 목소리가 달라졌다. 다정함이 느껴졌다.

코너 눈에 눈물이 차올랐다. 눈물방울이 뺨으로 떨어지는데 막을 수가 없었다. 악몽의 덩굴손에 온몸이 감겨 있어 눈물을 훔칠 수도 없었다.

"제발 그러지 마. 제발 말하라고 하지 마."

코너가 말했다.

네가 엄마를 놓았다.

몬스터가 말했다.

코너가 고개를 흔들었다.

"제발!"

코너는 눈을 질끈 감았다.

그러더니 고개를 끄덕였다.

너는 엄마를 더 오래 잡고 있을 수 있었지만, 엄마가 떨어지도록 했다. 네 손을 놓아서 악몽이 엄마를 데려가게 했다.

코너는 다시 고개를 끄덕였다. 고통과 울음으로 얼굴이 온통 일그러져 있었다.

엄마가 떨어지기를 바랐다.

"아니야."

코너가 눈물을 줄줄 흘리며 말했다.

엄마가 가기를 바랐다.

"아니야!"

진실을 말해야 한다. 지금 말해야 한다, 코너 오말리. 말해라. 반드시 해야 한다.

코너는 입을 꽉 다물고 다시 고개를 저었지만 누가 조그만 불을 붙이기라도 한 듯 가슴속이 타오르는 걸 느꼈다. 조그만 해가 이글거리며 안에서부터 코너를 태우는 것 같았다.

"말하면 죽을 거야."

코너가 헐떡거렸다.

말하지 않으면 죽을 거다. 말해야 한다.

몬스터가 말했다.

"할 수 없어."

네가 엄마를 놓았다. 왜 그랬나?

이제 어둠이 코너 눈을 감싸고 코를 틀어막고 입을 가렸다. 코너는 숨을 쉬려고 했지만 쉴 수가 없었다. 숨이 막혀 왔다. 죽을 것 같았다.

코너, 왜 그랬나? 이유를 말하라! 너무 늦기 전에!

몬스터가 사납게 물었다.

그때 코너 가슴속의 불이 갑자기 활활 타올랐다. 코너를 산 채로 집어삼킬 것 같았다. 그것이 진실이었다. 코너는 알았다. 목구멍 속에서 신음 소리가 차올랐다. 신음 소리가 울음이 되고, 말 없는 비명이 되었다. 코너가 입을 열자 불길이 입 밖으로 치솟았다. 모든 것을 태울 듯이 어둠 속으로 터져 나와 주목에도 불을 붙였다. 코너가 고통과 슬픔으로 소리를 지르고 지르고 또 지르자, 불길은 온 세상을 태워 버릴 듯 휘감았다.

그때 코너가 그 말을 했다.

진실을 말했다.

네 번째 이야기의 결말을 말했다.

"더 이상 견딜 수가 없었어!"

불길이 너울너울 타오르는 가운데 코너가 울부짖었다.

"엄마가 죽을 거라는 걸 알고도 견딜 수가 없었어! 그저 끝나길 바랐어! 다 끝나길 바랐다고!"

그 순간 불길이 세상을 집어삼켰다. 모든 것을 쓸어 갔다. 코너까지 모두.

코너는 편안한 마음으로 받아들였다. 마침내 코너가 받아야 할 벌이 내려졌기 때문이다.

죽음 뒤의 삶

코너가 눈을 떴다. 코너는 집 뒤 언덕 풀밭에 누워 있었다.

아직 살아 있었다.

있을 수 있는 최악의 일이었다.

"왜 날 죽이지 않았어? 죽어 마땅한데."

코너는 손에 얼굴을 파묻고 신음을 했다.

그런가?

몬스터가 굽어보며 말했다.

"아주 오랫동안 그런 생각을 했어. 아주 오래전부터 엄마가 이겨 내지 못할 거라는 사실을 알았어. 맨 처음부터. 엄마는 좋아지고 있다고 말했지만 내가 그런 말을 듣고 싶어 했기 때문에 그렇게 말한 거였어. 그리고 난 그 말을 믿었고. 사실은 믿지 않았지만."

코너가 천천히, 고통스럽게, 입 밖으로 말을 꺼냈다.

믿지 않았지.

몬스터가 말했다.

코너가 침을 삼키며 계속 힘들게 말을 이었다.

"그러다가 이게 끝나기를 내가 얼마나 바라는가 하는 생각을 하게 됐어. 그저 이런 일을 생각하지 않아도 되기를 바랐어. 기다리는 걸 더 이상 견딜 수가 없었어. 그게 나를 이렇게 외롭게 만드는 걸 더 견딜 수가 없었어."

코너는 이제 정말로 엉엉 울기 시작했다. 지금까지 그렇게 울어 본 적이 없을 정도로, 엄마가 아프다는 사실을 알게 되었을 때보다도 더 심하게 울었다.

이 일이 그저 끝나기를 바라는 마음이 있었던 거다. 그게 엄마를 잃는 일일지라도.

몬스터가 말했다.

코너는 말을 하지 못하고 고개만 끄덕였다.

그리고 악몽이 시작되었다. 늘 똑같이 끝나는 악몽.

"내가 엄마를 놓았어. 붙잡을 수 있었는데 놓아 버렸어."

코너 목이 메었다.

그게, 진실이다.

몬스터가 말했다.

"하지만 그러고 싶지 않았어! 엄마를 놓고 싶지 않았다고! 그런데 이제 그게 사실이 되었어! 엄마는 죽을 거고 그건 내 잘못이야!"

코너가 소리 높여 말했다.

그것은 진실이 아니다.

몬스터가 말했다.

코너의 슬픔은 몸으로 느껴지는 고통이었다. 죔쇠처럼 몸을 붙들고 살아 있는 근육처럼 단단히 죄었다. 숨 쉬기조차 힘들었다. 코너는 땅에 다시 쓰러졌고, 땅이 영원히 자기를 데려가기 바랐다.
코너는 몬스터의 커다란 손이 자기를 들어 올리는 걸 어렴풋이 느꼈다. 두 손으로 작은 둥지 모양을 만들어 코너를 감싸 쥐었다. 코너는 멍한 상태에서도 나뭇잎과 가지들이 얽히더니 부드럽게 휘고 벌어져 코너가 누울 자리를 만드는 걸 느꼈다.
"내 잘못이야. 내가 엄마를 놓았어. 내 잘못이야."
코너가 말했다.
네 잘못이 아니다.
몬스터의 목소리가 공중에 산들바람처럼 흘렀다.
"내 잘못이야."
너는 고통이 끝나기를 바랐을 뿐이다. 네 고통. 고통 때문에 네가 겪는 소외감을 끝내고 싶었다. 지극히 인간적인 바람이다.
몬스터가 말했다.
"진심이 아니었어."
코너가 말했다.
진심이었다. 하지만 진심이 아니기도 했지.

몬스터가 말했다.

코너는 훌쩍이며 몬스터의 얼굴을 올려다보았다. 벽이 앞에 있는 것처럼 커다란 얼굴이었다.

"어떻게 둘 다 진실일 수가 있어?"

사람은 복잡한 짐승이니까. 어떻게 여왕이 좋은 마녀이면서 또 나쁜 마녀일 수가 있는가? 왕손이 살인자이자 구원자일 수 있는가? 약제사가 성질이 고약하면서도 생각은 바를 수 있는가? 목사는 생각이 잘못되었으면서 선할 수 있는가? 보이지 않는 사람이 보이게 되었을 때 더 외로워질 수가 있는가?

몬스터가 말했다.

"모르겠어. 네 이야기는 하나도 이해가 안 돼."

코너가 지친 듯 어깨를 으쓱했다.

네가 무슨 생각을 하든 그건 중요하지 않기 때문이다. 네 마음은 하루에도 수백 번 모순을 일으키기 때문이다. 너는 엄마가 떠나길 바랐고 동시에 엄마를 간절히 구하고 싶었다. 너는 거짓말을 하지 않을 수 없게 만드는 고통스러운 진실을 알면서도 마음을 달래 주는 거짓말을 믿은 것이다. 그리고 네 마음은 두 가지를 다 믿는 것에 대해 너를 벌주는 것이다.

"그러면 어떻게 그걸 물리쳐? 마음속의 다른 생각들을 어떻게 물리치냐고?"

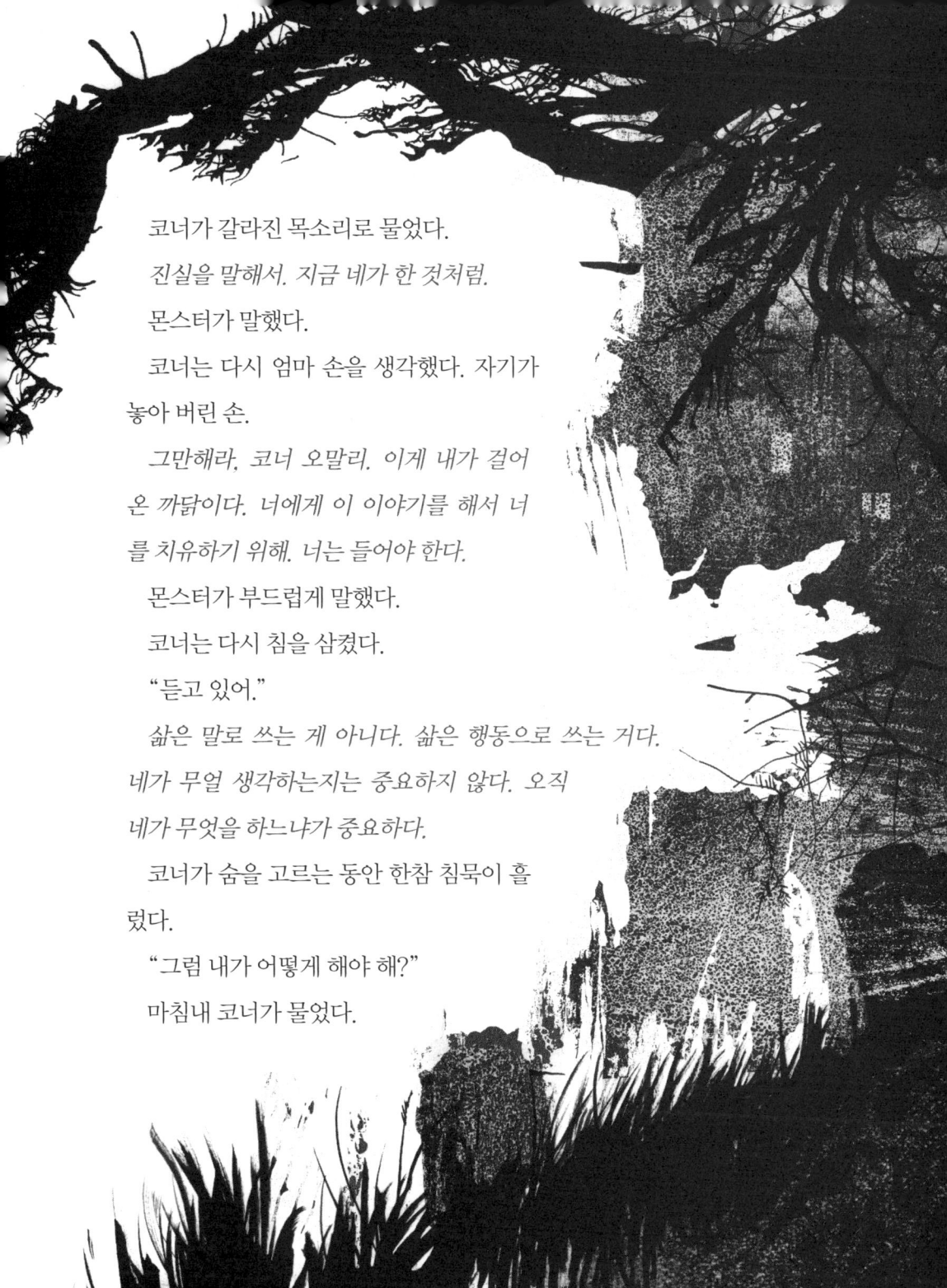

코너가 갈라진 목소리로 물었다.
진실을 말해서. 지금 네가 한 것처럼.
몬스터가 말했다.
코너는 다시 엄마 손을 생각했다. 자기가 놓아 버린 손.
그만해라, 코너 오말리. 이게 내가 걸어온 까닭이다. 너에게 이 이야기를 해서 너를 치유하기 위해. 너는 들어야 한다.
몬스터가 부드럽게 말했다.
코너는 다시 침을 삼켰다.
"듣고 있어."
삶은 말로 쓰는 게 아니다. 삶은 행동으로 쓰는 거다. 네가 무얼 생각하는지는 중요하지 않다. 오직 네가 무엇을 하느냐가 중요하다.
코너가 숨을 고르는 동안 한참 침묵이 흘렀다.
"그럼 내가 어떻게 해야 해?"
마침내 코너가 물었다.

네가 방금 한 대로 하면 된다. 진실을 말하라.

"그게 다야?"

그게 쉬운 일이라고 생각하나? 아까는 진실을 말하느니 차라리 죽겠다고 했다.

몬스터는 거대한 눈썹을 위로 올렸다.

코너는 자기 손을 내려다보았다. 마침내 꼭 쥐었던 손을 폈다.

"내가 생각했던 게 너무나 나쁜 생각이었으니까."

나쁜 것이 아니다. 생각일 뿐이다. 무수한 생각 중 하나. 행동이 아니었다.

코너는 길고 긴 숨을 내쉬었다. 아직도 숨결이 거칠었다. 그렇지만 숨이 막히지는 않았다. 이제는 악몽이 몸 안에 가득 차서 가슴을 짓누르고 몸을 땅속으로 끌어당기지 않았다. 사실 이제는 악몽이 느껴지지 않았다.

"정말 피곤해. 모든 게 너무 힘들어."

코너는 머리를 손으로 감싸 쥐며 말했다.

그럼 자라. 시간이 있다.

몬스터가 말했다.

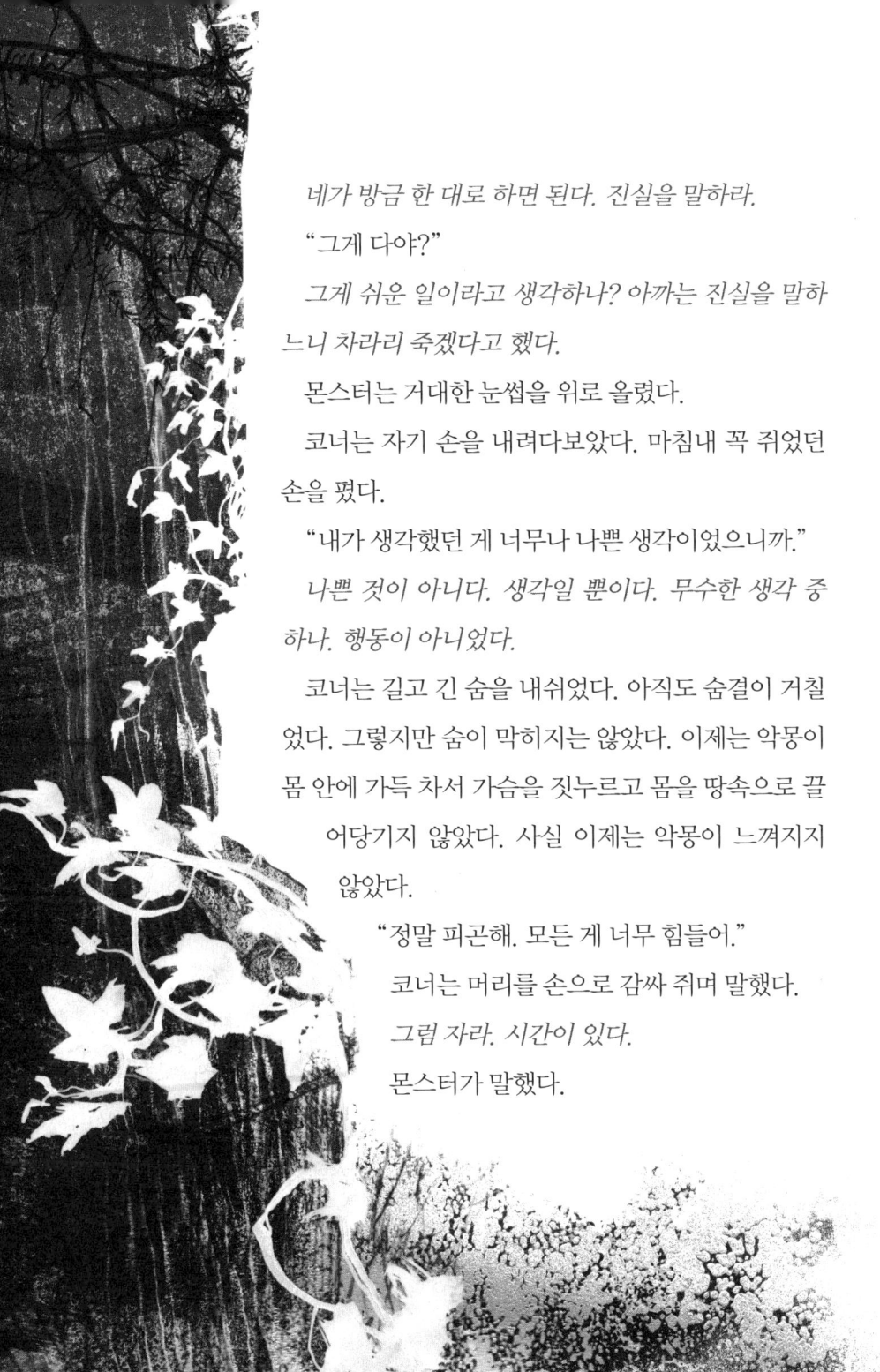

"시간이 있어?"

코너는 웅얼거렸고 갑자기 더 이상 눈을 뜨고 있을 수가 없었다. 몬스터는 손 모양을 또 조금 바꾸어 나뭇잎 둥지에 코너가 더 편히 누울 수 있게 만들었다.

"엄마를 봐야 해."

코너가 잠을 이기려 애쓰며 말했다.

볼 것이다. 약속한다.

몬스터가 말했다.

코너가 눈을 떴다.

"너도 같이 있을 거야?"

그래. 그게 내 마지막 걸음이 될 것이다.

몬스터가 말했다.

코너는 잠 속으로 빠져드는 걸 느꼈다. 잠이 밀물처럼 밀려들어 도저히 버틸 수가 없었다.

그러나 잠이 들기 전에, 마지막 질문 한 가지가 더 떠올랐다.

"넌 왜 늘 12시 7분에 와?"

코너가 물었다.

그렇지만 코너는 몬스터가 대답하기도 전에 잠이 들었다.

공통점

"아, 하느님 감사합니다!"

코너가 잠에서 완전히 깨기도 전에 이런 말소리가 들렸다.

"코너!"

코너를 부르는 소리였다.

"코너!"

더 크게 들렸다. 외할머니 목소리였다.

코너는 눈을 뜨고 천천히 일어나 앉았다. 밤이었다. 얼마나 오래 자고 있었던 걸까? 코너는 주위를 둘러보았다. 코너는 아직도 집 뒤 언덕에 있었다. 머리 위로 높이 솟은 주목의 뿌리 사이에 자리 잡고 있었다. 코너는 위를 올려다보았다. 그냥 나무였다.

그렇지만 그냥 나무가 아니라는 건 누구도 부인할 수 없었다.

"코너!"

외할머니가 교회 쪽으로 달려오고 있었다. 외할머니 차는 그 너머 도로에 전조등을 켜고 시동이 걸린 채로 서 있었다. 달려오는 외할머니를 보고 코너는 일어섰다. 외할머니 얼굴은 화가 난 것 같기도 하고 안도하는 것 같기도 했는데, 가슴을 찌르는 또 다른 무언가가 있었다.

"아, 하느님 감사합니다, 감사합니다!"

외할머니가 다가오며 외쳤다.

그러더니 외할머니는 놀라운 행동을 했다.

외할머니가 코너를 어찌나 세게 껴안았는지 같이 넘어질 뻔했다. 코너가 나무를 붙잡아 겨우 넘어지지 않을 수 있었다. 그러자 외할머니가 코너를 놓고는 고래고래 소리를 지르기 시작했다.

"뭐하고 있었던 거야! 한참을 찾았어! 돌아 버리는 줄 알았다, 코너! 대체 어떻게 된 거니?"

외할머니는 소리를 질렀다.

"해야 할 일이 좀 있었어요."

코너가 변명하려 했지만 외할머니는 이미 팔을 잡아끌고 있었다.

"시간이 없다. 어서 가야 해! 지금 가야 해!"

외할머니가 말했다.

외할머니는 코너 팔을 놓고 단거리 경주하듯 차로 뛰었다. 애처로운 광경이었다. 코너도 외할머니 뒤를 따라 달려 조수석에 올라탔다. 외할머니는 코너가 문도 채 닫기도 전에 끼익 소리를 내며 차를 몰기 시작했다.

왜 그렇게 서두르는지 차마 물어볼 수 없었다.

"코너."

무시무시한 속도로 차를 몰며 외할머니가 말했다. 코너는 외할머니를 보고서야 외할머니가 울고 있다는 사실을 알았다. 심지어 몸을 떨고 있었다.

"코너, 너는……."

외할머니는 몸을 더 떨었고 운전대를 더 세게 쥐었다.

"외할머니……."

코너가 입을 열려고 했다.

"하지 마라. 아무 말 하지 마."

외할머니가 말했다.

한동안 말없이 차를 몰았다.

양보 표지판이 나와도 눈길 한 번 주지 않고 달렸다. 코너는 안전벨트가 잘 채워졌는지 확인했다.

"외할머니?"

차가 과속 방지 턱 위로 날아갈 때 코너가 중심을 잡으며 외할머니를 불렀다.

외할머니는 계속 속도를 냈다.

"죄송해요."

코너가 조용히 말했다.

외할머니는 이 말에 웃었다. 낮고 슬픈 웃음이었다. 외할머니가 고개를 저었다.

"상관없다. 상관없어."

외할머니가 말했다.

"상관없어요?"

"그렇고말고."

외할머니가 다시 울기 시작했다. 그렇지만 외할머니는 우느라고 할 말을 못 할 사람이 아니었다.

"코너, 그거 아니? 너랑 나 말이야, 잘 맞는 사람들은 아니지? 안 그러니?"

외할머니가 말했다.

"네, 그런 것 같아요."

코너가 말했다.

"나도 그렇게 생각한다."

외할머니가 모퉁이를 어찌나 빨리 돌았는지 코너는 옆으로 쓰러지지 않으려고 손잡이를 붙잡아야 했다.

"하지만 익숙해져야 할 거다. 알지?"

외할머니가 말했다.

코너가 침을 삼켰다.

"네, 알아요."

외할머니는 조금 흐느끼는 듯했다.

"안다고? 그래, 알겠지."

외할머니가 말했다.

외할머니는 헛기침을 했고 교차로에서 양쪽을 얼른 보고는 빨간불에서 그냥 직진을 했다. 코너는 지금이 몇 시나 되었을까 생각했다. 도로에 차가 거의 없었다.

"하지만 그거 아니? 우리한테 공통점이 있다는 거."

외할머니가 말했다.

"그래요?"

코너가 말을 마치자, 병원이 눈앞에 보이기 시작했다.

"그럼."

외할머니는 가속 페달을 더 세게 밟으며 말했다. 여전히 눈물이 흐르고 있었다.

"그게 뭔데요?"

코너가 물었다.

외할머니는 병원 근처 도로에서 바로 보이는 빈 공간에 차를 세웠다. 쿵 하는 소리와 함께 차가 인도 위로 올라갔다.

"네 엄마. 그게 우리 공통점이다."

외할머니가 코너 얼굴을 똑바로 보며 말했다.

코너는 아무 말도 하지 않았다.

코너는 외할머니 말을 이해할 수 있었다. 코너 엄마는 외할머니 딸이었다. 그리고 외할머니에게나 코너에게나, 엄마는 가장 소중한 사람이었다. 그건 정말 중대한 공통점이었다.

바로 그게 출발점이었다.

외할머니는 시동을 끄고 차 문을 열었다.

"빨리 가자."

외할머니가 말했다.

진실

외할머니는 끔찍한 의문을 얼굴에 가득 담고 엄마 병실로 앞장서 들어갔다. 그렇지만 간호사 한 사람이 병실 안에 있어서 바로 대답을 해 줄 수 있었다.

"괜찮아요. 늦지 않으셨어요."

간호사가 말했다.

외할머니는 손을 입에 대고 안도의 한숨을 내쉬었다.

"손자를 찾으셨네요."

간호사가 코너를 보며 말했다.

"네."

외할머니는 더 말이 없었다.

외할머니와 코너는 둘 다 엄마를 보고 있었다. 엄마가 누워 있는 침대에는 작은 등 하나만 켜져 있었고 방은 어둑했다. 엄마는 눈을 감고 있었고, 가슴에 묵직한 걸 올려놓은 듯 숨쉬기 힘들어 보였다. 간호사가 나갔고 외할머니는 침대 옆에 있는 의자에 앉아 엄마 한쪽 손을 잡았다. 외할머니는 엄마 손을 쥐고 입을 맞추며 살살 쓰다듬었다.

"엄마?"

목소리가 들렸다. 코너 엄마가 하는 말이었다. 목소리가 낮고 탁해서 알아듣기 힘들 지경이었다.

"나 여기 있다. 코너도 있다."

외할머니가 엄마 손을 쥔 채로 말했다.

"그래요?"

엄마는 눈을 뜨지 않은 채로 웅얼거렸다.

외할머니는 무슨 말 좀 해 보라는 눈으로 코너를 보았다.

"엄마, 저 여기 있어요."

코너가 말했다.

엄마는 아무 말도 하지 않고 손을 코너 쪽으로 뻗었다. 코너더러 잡으라는 것이었다. 잡고 놓지 말라고.

이게 이야기의 결말이다.

뒤에서 몬스터가 말했다.

"어떻게 해야 해?"

코너가 속삭였다.

몬스터가 코너 어깨에 손을 얹는 게 느껴졌다. 신기하게도 몬스터 손이 작아져서 코너를 붙들고 잡아 주는 것 같았다.

진실을 말하기만 하면 된다.

몬스터가 말했다.
"두려워."
코너가 말했다. 코너는 어둑한 불빛 속에서 외할머니가 엄마에게 몸을 숙이고 있는 걸 볼 수 있었다. 엄마가 눈을 감은 채로 아직도 코너에게 손을 내밀고 있는 게 보였다.

물론 두렵겠지. 그래도 해야 한다.

몬스터가 코너를 천천히 앞으로 밀며 말했다.

몬스터의 손이 부드러우면서도 강경하게 코너를 엄마에게 밀었다. 코너는 엄마 침대 위쪽 벽에 걸린 시계를 봤다. 어떻게 된 건지 벌써 밤 11시 46분이나 되어 있었다. 12시 7분이 되려면 21분이 남았다.

코너는 그 시각이 되면 무슨 일이 일어날지 몬스터에게 묻고 싶었지만, 그럴 용기가 없었다.

이미 아는 것 같은 생각이 들었기 때문이다.

네가 진실을 말하면, 무슨 일이 일어나든 감당할 수 있을 것이다.

몬스터가 코너 귀에 속삭였다.

그래서 코너는 엄마를, 앞으로 뻗은 엄마 손을 내려다보았다. 목이 조여 오고 눈물이 고이는 게 느껴졌다.

악몽에서처럼 속으로 빠져들 것 같지는 않았다. 더 단순하고, 또렷한 느낌이었다. 그렇지만 여전히 힘들었다.

코너는 엄마 손을 잡았다.

엄마는 잠시 눈을 뜨고 코너를 눈에 담았다. 그러더니 다시 눈을 감았다. 하지만 엄마는 분명 코너를 봤다.

코너는 지금이라는 걸 알았다. 이제 돌아갈 수 없다는 것을. 무얼 바라든, 어떤 심정이든 간에, 결국 그렇게 되리라는 것을.

그리고 자기가 이것을 이겨 내리라는 것도 알 수 있었다.

끔찍할 것이다. 끔찍한 것 이상일 것이다.

그렇지만 코너는 버텨 낼 것이다.

그걸 위해 몬스터가 온 것이다. 틀림없었다. 코너는 몬스터가 필요했고 그래서 몬스터를 불러냈다. 그래서 몬스터가 걸어왔다. 바로 이 순간을 위해서.

"있어 줄 거야? 그때까지……?"

코너가 떨어지지 않는 입을 열어 몬스터에게 속삭였다.

그럴 것이다. 이제 진실을 말하기만 하면 된다.

몬스터는 코너 어깨에 손을 얹은 채로 대답했다.

그래서 코너는 그렇게 했다. 숨을 들이마셨다.

그리고, 마침내, 마지막이자 완전한 진실을 말했다.

"엄마를 보내기 싫어요."

코너가 말했다. 눈에서 눈물방울이 떨어졌다. 천천히 타고 내리더니, 이제 강물처럼 줄줄 흘렀다.

"알아, 내 아들. 알아."

엄마가 무거운 목소리로 말했다.

코너는 몬스터가 자기 몸을 떠받치며 쓰러지지 않게 붙들어 주는 걸 느꼈다.

"보내기 싫어요."

코너가 다시 말했다.

더 이상은 아무 말도 필요 없었다.

코너는 몸을 앞으로 숙여 엄마를 안았다.

꼭 붙들었다.

코너는 그게 오리라는 걸 알았다. 어쩌면 곧 오는 12시 7분일지도 몰랐다. 아무리 꽉 붙들어도 소용없이 엄마가 코너 손에서 빠져나가는 순간이.

지금은 아니다. 아직은 아니야.

몬스터가 여전히 곁을 지키며 속삭였다.

코너는 엄마를 꽉 붙잡았다.

그렇게 해서, 코너는 마침내 엄마를 보낼 수 있었다.